LES FIANCÉS

Du même auteur
chez le même éditeur

Les Voyages de Daniel Ascher

Déborah Lévy-Bertherat

LES FIANCÉS

Roman

Rivages

Retrouvez l'ensemble des parutions
des Éditions Payot & Rivages sur
payot-rivages.fr

Collection dirigée par Émilie Colombani

106, boulevard Saint-Germain – 75006 Paris

Pour David.
Pour Marie et Michel.

« Ne savez-vous pas où il est ? demanda-t-elle aux roses. Croyez-vous vraiment qu'il soit mort et disparu ?

– Non, il n'est pas mort, répondirent les roses, nous avons été sous la terre, là où sont tous les morts, et il n'y était pas ! »

ANDERSEN

I

LES SOULIERS ROUGES

C'est lui, comment est-ce possible, elle n'ose pas y croire. Madeleine regarde la silhouette qui vient de surgir dans le jardin, de cette façon qu'il avait d'apparaître toujours par surprise, sans bruit. Il serait revenu, il n'était donc pas mort ? Mon petit fiancé, mon tout premier amour, elle ne prononce ces mots qu'intérieurement mais ils la rendent si heureuse qu'elle pourrait s'évanouir, tomber ici parmi les arbres.

Tu es là, tu es revenu ? Elle fait un pas vers lui. C'est lui, elle en est sûre, malgré la nuit qui tombe, elle reconnaît les yeux très noirs entre les cils très sombres, elle se souvient qu'elle lui disait tes yeux farouches et que ça le faisait rire. Mais il faut qu'elle voie son visage. Les doigts tremblants, elle attrape dans son sac une boîte d'allumettes et en gratte une. À l'instant où la flamme fuse, elle se sent défaillir. Son petit sauvage, son grand amour, qu'est-il devenu ? Son visage couvert d'un entrelacs de rides ressemble à ces masques de vieillards qu'on vend pour carnaval. Elle commence à compter les années et renonce, prise de vertige. C'est toute une vie qui a passé, sans parler des souffrances qu'il a dû endurer, là-bas. Elle préfère ne pas y penser.

Maximilien, dis, c'est bien toi ? Il ne répond pas et elle a juste le temps de s'étonner que son sourire soit devenu si doux, avant de lâcher l'allumette qui lui brûle les doigts. Dans la pénombre plus dense que tout à l'heure, elle touche sa joue creusée, comme une aveugle elle caresse son menton, les plis de son cou. Ses mains le reconnaissent mieux. Elle retrouve, au creux de ses paumes, le souvenir d'une peau encore imberbe.

Alors elle referme ses bras sur lui. Il sursaute, hésite un court instant puis l'étreint aussi. La tempe de Madeleine retrouve sa place entre l'oreille et l'épaule de l'homme, comme une évidence. Leurs corps qui s'accordent, s'épousent ainsi, c'est bien la preuve.

Tu sais, Max, j'ai jamais cru ce qu'on m'avait annoncé, j'étais sûre que tu vivais, quelque part, là-bas, qu'un jour tu me reviendrais. Elle ment un peu. Au début, c'est vrai, elle avait refusé d'y croire, seulement avec le temps elle avait accepté l'idée, même si on n'avait pas retrouvé son corps. Elle avait enterré son amour au fond d'elle-même, parce qu'elle avait dix-neuf ans et tout l'oubli devant elle. Mais comment avouer maintenant à ce vieil homme qu'elle a vécu heureuse sans lui ? Elle cherche, sur son cou amaigri, l'odeur de la sueur et du fer de la forge, mais non, le col de son polo sent juste la lessive.

Ce visage, il faut le remonter des profondeurs de l'enfance. La première fois qu'elle l'a caressé, il était encore couvert de ce duvet qu'on trouve aux pêches de vigne et aux joues des garçons. Elle s'était écorchée en grimpant au grand hêtre et sa main saignait un peu. Elle l'attendait, scrutant les frondaisons au-dessus d'elle, si remplies de cris d'oiseaux qu'aucun son ne passait au travers.

Au pied de l'arbre, d'un tas de feuilles mortes, elle a vu émerger ses cheveux noirs. Tu étais là, Max, pourquoi tu disais rien ? Il riait, tu m'as pas vu, je m'étais bien camouflé. En quelques secondes il l'a rejointe et elle lui a fait une place sur sa branche. Tu aurais dû venir à l'école, Max, la moiselle a parlé des scorpions. Je pouvais pas, mes frères travaillaient à la forge, je devais *leur* aider pour le soufflet. Alors raconte, sur les scorpions. Elle a passé le doigt sur son front, les ailes de son nez, sa peau était plus douce qu'elle ne pensait. Ils se cachent sous le sable, des fois dans les maisons, entre les draps. Comme elle touchait ses lèvres, il a léché le sang sur sa main. Leur piqûre peut tuer un homme adulte. Elle a posé la tête sur l'épaule du garçon, a passé la langue sur son cou, juste sous l'oreille. C'était salé, ça sentait le feu. Quoi d'autre, sur les scorpions ? Je sais plus, j'ai oublié.

Max, pourquoi tu dis rien ? Le vieil homme est trop ému pour parler, sans doute. Il se contente de la serrer contre lui. Elle songe tout d'un coup qu'elle aussi a dû terriblement changer, elle lui demande, et moi, est-ce que tu m'as reconnue tout de suite ? Il sourit d'un air gêné. Avoue que non, je sais, je suis vieille, moi aussi. Elle peigne de ses doigts une mèche grise sur le front de l'homme, mon pauvre Maximilien, qu'est-ce qu'ils t'ont fait, là-bas, ils t'ont pas arrangé, toi qui étais si beau avec tes cheveux noirs. Je te revois encore, mon amour, quand on s'est rencontrés à la fête de Jeanne d'Arc, tout petit, avec déjà tes yeux de loup. Et la dernière fois, c'était aussi une fête, enfin, tu parles d'une fête, quand tu m'as plantée là pour aller… Sa voix se brise, non, elle ne veut pas pleurer, elle veut rire du bonheur de retrouver vivant celui qu'elle croyait mort, même si elle a traversé sans lui soixante ans de sa vie.

À cet instant, la pluie se met à tomber, mais elle ne la sent pas, lui non plus sans doute, leur étreinte dessine un cercle protecteur où ils sont à l'abri de tout. Les années s'abolissent, il n'est jamais parti, elle n'a pas vécu, ni aimé d'autre homme, ni étudié la science, ni eu d'enfant. L'enfant, c'est elle, elle a huit ans et tout l'amour à inventer.

Au fait, comment tu as fait pour me retrouver dans ce jardin ? Il montre la grande Maison derrière lui, j'habite ici. C'est drôle, moi aussi j'habite là, je suis arrivée aujourd'hui, tu es venu me chercher, c'est ça ? Le vieil homme se racle la gorge et prononce enfin quelques mots, je suis désolé, je ne m'appelle pas Maximilien, je m'appelle René, René Loriot. Madeleine gémit, lui serre les mains et les embrasse, mon Dieu, mon pauvre amour, ils t'ont même changé ton nom.

René referme la porte de sa chambre. Oublie, mon vieux, tout ça ne veut rien dire, ces *mon amour* n'ont pas de sens. Entre chien et loup, elle t'a pris pour un autre. Oublie. Tu n'es pas Maximilien, ni Max, d'ailleurs tu n'as jamais eu l'air d'un loup. Il prend son comprimé contre l'hypertension, il plie son pantalon sur le dossier de sa chaise, il s'efforce de ne plus y penser mais n'y parvient pas.

Il n'aurait pas dû descendre au jardin, bien sûr. Mais la voir par la fenêtre, avec son dos et sa nuque minces, son chignon, ses souliers rouges, ç'avait été comme un signe. C'était sûrement une nouvelle pensionnaire qui était sortie sans permission, il devait aller la chercher avant qu'elle ne s'échappe et se perde. Et puis il y avait autre chose. Il voulait voir son visage. Lui d'habitude si raisonnable, il a senti que s'il ne descendait pas la rejoindre à l'instant même, s'il la laissait s'enfuir, c'est lui qui se perdrait.

Quand la flamme d'une allumette l'a éclairée soudain, il a été saisi par sa beauté, et en même temps par la certitude de connaître cette femme. Ces pommettes larges, ce menton étroit, et ces yeux couleur d'aigue-marine dont le gauche portait, autour de la pupille, une tache mordorée, comme une île entourée d'eau. Dans ces yeux il lisait quelque chose. Ils éveillaient en lui un souvenir vague, très lointain, un souvenir splendide et terrifiant à la fois, où se mêlaient l'appel d'une musique cristalline et la certitude d'avoir commis l'irréparable. Où et quand avait-il vu ce visage ? Une chose était sûre, avec cet accent parisien, la femme n'était pas d'ici.

Quand elle l'a pris pour un autre, il aurait dû tout de suite la détromper, la repousser, mais comment faire, avec ces bras autour de son corps ? Depuis combien de temps une femme ne l'avait-elle pas serré ainsi ? Ils étaient suspendus entre ciel et terre, un souffle les enveloppait et les abritait de la pluie, comme quand un silence se fait et qu'on dit *un ange passe*. Les gouttes restaient en suspens, le temps aussi, peut-être à cause du solstice, où les heures du jour s'étirent tant qu'elles se déchirent et se percent de trous. René boutonne sa veste de pyjama. Il aurait dû la détromper, bien sûr, il l'a fait d'ailleurs, mais elle ne l'a pas cru. Comment aurait-elle pu te croire, mon garçon ? Ta bouche disait non et tes bras ne la lâchaient pas.

C'est une étrange nuit que la nuit du solstice, elle n'en finit pas de descendre. Allongé, les yeux ouverts, René se dit qu'il est sans doute le seul encore éveillé parmi les résidents de la Maison de l'Espérance. Les autres vieux dorment depuis longtemps. Ils ne font guère que ça, d'ailleurs, jour et nuit, n'importe où, à table, dans les couloirs, ils s'abandonnent, béantes bouches d'ombre. Ils oublient.

Lui se souvient encore de chaque détail, du moindre mot. Le maître déjà disait ce garçon a une mémoire d'éléphant, et lui, il touchait sa tête, craignant de la trouver énorme, avec ses souvenirs rangés à l'intérieur dans des tiroirs d'ivoire. Avec les années les tiroirs se sont multipliés et son crâne est devenu une vaste bibliothèque. Les visages, surtout, s'imposent à lui avec une sorte d'évidence, et malgré les marques du temps, il les retrouve tels qu'il les a vus pour la première fois. Il se rappelle, par exemple, tous les clients de son magasin de jouets, et il en reconnaît parmi les pensionnaires, dont aucun ne se souvient de lui. Mais ce soir, il a beau chercher, au fond de ses tiroirs d'ivoire, ce visage aux larges pommettes, ces yeux singuliers, dont l'un porte une tache brune en forme d'île, il ne trouve rien.

Comme René le dit à sœur Célestine, sa préférée parmi les sœurs, sans tous ces vieux, la Maison de l'Espérance, ce serait le paradis. Chaque matin, il descend voir les aides-soignantes qui prennent leur pause au soleil. Solange lui propose une cigarette, il répond vous plaisantez, avec ma tension, si sœur Marie-Josèphe l'apprenait, et ça les amuse. Il aime leur compagnie parce qu'elles sont jeunes. Les vieux, on ne peut plus compter sur eux. Depuis six ans qu'il habite ici, tous ses amis l'ont laissé tomber les uns après les autres, partis pour l'autre monde. Désormais, quand un nouveau pensionnaire arrive, il n'y prête même plus attention. Sauf la femme aux souliers rouges dont les yeux vairons mettent sa mémoire en échec. Demain, il ira la voir et lui expliquera qu'elle s'est trompée, qu'il n'est pas celui qu'elle croit, qu'elle espère. Il sera clair, tranchant s'il le faut, pour couper court à tout malentendu.

Il ferme les yeux. Au bas de la colline passe un long train de marchandises dont le ressac métallique le berce comme dans son enfance. Il retire son appareil auditif et sombre dans le sommeil, persuadé que le lendemain sera une journée aussi prévisible que toutes les précédentes. Il se trompe. Un discret sabotage a déjà desserré quelques boulons, bientôt les tire-fond vont lâcher les traverses, ouvrir les butées, et libérer l'âme des rails. Inéluctablement, son petit train quotidien va dérailler et se mettre à rouler au hasard, sans crier gare.

II

LA REINE DES NEIGES

Sœur Célestine est toujours la première debout. Elle a gardé de son pays l'habitude de se lever avant les chaleurs, même si, depuis quatre ans, elle a toujours froid. Par malchance, son arrivée en Bourgogne a coïncidé avec des gelées précoces et elle a passé plusieurs semaines emmitouflée dans une couverture, malgré sœur Marie-Josèphe qui la rappelait à son maintien de religieuse. Les gilets de polaire blanche l'ont sauvée. L'hiver, elle en superpose jusqu'à sept sur son habit, l'été elle ne quitte jamais le dernier, même les jours de canicule où les pensionnaires se battraient pour un ventilateur. La Maison de l'Espérance, c'est pour elle le palais de la Reine des neiges.

Quand la sœur ouvre la porte de la chambre 111, elle voit que la nouvelle pensionnaire ne s'est pas couchée et a fini par s'assoupir dans son fauteuil, sans quitter ses vêtements, ses chaussures rouges ni son sac en bandoulière. Elle flotte à la surface du sommeil, la tête penchée légèrement de côté sans sombrer tout à fait, et le bruit infime de la poignée lui fait ouvrir les yeux. Vous dormiez, madame Balland ? La vieille femme, qui semblait perdue hier en arrivant, a un merveilleux sourire. Oui, je rêvais de mon amour, mon premier amour, je l'ai retrouvé hier soir dans le jardin, je l'ai reconnu, malgré toutes ces années. On m'avait dit qu'il était mort, mais je savais que c'était pas vrai.

On raconte, répond la sœur, que dans la nuit du solstice, le voile qui sépare les morts des vivants s'amincit, et que les disparus reviennent pour quelques heures. La vieille femme fait non de la tête, non, celui que j'ai vu, c'était pas un fantôme, je l'ai pris dans mes bras, j'ai senti son corps et sa chaleur. On s'est connus tout petits, imaginez, à huit ans déjà j'étais son amoureuse. Un jour il est parti faire la guerre au bout du monde, sans me dire adieu. Et maintenant que j'y croyais plus, voilà qu'il me revient. Et la vieille femme, souriant toujours, referme les yeux, comme si elle parlait en songe.

Sœur Célestine reprend sa tournée du matin, touchant, au fond de la poche droite de son habit, le dos du Nouveau Testament, et caressant dans la poche gauche la tranche usée d'un autre livre, son talisman. Elle l'a emprunté dans la classe de son père, et depuis elle l'emporte partout avec elle. Il ne t'appartient pas, Célestine, un jour tu devras aller le remettre à sa place.

La sœur a charge d'âmes, elle aime bien cette expression, douze âmes dans son aile, parfois même elle dit sous son aile. Les quatre sœurs ont chacune son couloir. Le sien, c'est celui du premier étage, côté ouest. Ouvrant doucement les portes, elle trouve tous les vieux sagement endormis, même René Loriot, son préféré. Dans leurs pyjamas, ils sont aussi attendrissants que des tout-petits. Le soir, assise à leur chevet, elle leur lit quelques versets des Évangiles. Quand elle prie avec eux, son accent burkinabé bouscule les formules familières et leur donne un relief effrayant. *Le fruit de tes entrailles* leur fait l'effet d'une femme éventrée comme une grenade, et *À l'heure de notre mort* les plonge dans l'angoisse. Pourtant, Célestine ne change rien, c'est une missionnaire venue porter la bonne parole aux indigènes de Bourgogne, tant pis pour ceux qui ne veulent pas entendre.

Mais lorsque arrive vraiment *l'heure de leur mort*, la sœur délaisse les Évangiles et les prières. De sa poche gauche, elle sort son livre talisman, les *Contes* d'Andersen et, comme faisait son grand-père griot, elle invente des passages inspirés de leur vie, de leurs désirs, de l'amour qui les habite encore et qu'elle connaît mieux que personne. Elle choisit une page ici, une autre là, brode sur les histoires d'enfants malades qu'un ange emporte tendrement au Ciel, de défunts changés en oiseaux ou en écume de mer, Andersen rend la mort si jolie. Et tout en parlant, elle tient la main du mourant comme à un enfant, pour traverser le pont. Elle fait durer l'histoire aussi longtemps qu'il faut, parfois toute la nuit, puis, le moment venu, elle prononce les derniers mots qui aideront l'âme à s'envoler. Péché d'orgueil, Célestine, ne va pas croire que tu décides du temps et de l'heure. Tu n'es que la servante du Seigneur, tu accomplis sur la terre sa très sainte volonté.

Le vieil homme nu verse un peu de savon dans sa paume. Il se frotte le front, comme pour chasser de son esprit la question resurgie dès son réveil, sur cette femme aux yeux vairons et son amour perdu. Il descend vers le cou, reconnaît sous ses doigts chaque vertèbre de sa nuque. L'âge ne l'a pas engraissé. Déjà, enfant, quand sa mère le lavait, elle disait, pauvre alouette plumée, on peut compter tes côtes. Il répondait si on voit mes os, c'est peut-être que je suis mort. D'où tu tiens ça, serin, t'en as jamais vu, toi, des morts. J'aimerais bien. Dis pas de bêtises et nettoie tes orteils. René se penche, c'est curieux comme ses pieds se trouvent de plus en plus bas, ces temps-ci. Et ton petit oiseau, tu y as pensé ? Oui, maman, il est devenu vieux, lui aussi, mais j'y ai pensé.

Sa mère détournait les yeux quand, au souper, son mari rongeait la tête d'une perdrix, creusait ses orbites de la pointe de son couteau, puis l'animait comme une marionnette pour amuser leur fils. Ce couteau sculptait des merveilles. Un jour où il s'était fait mal, le père, pour le consoler, lui avait tendu ses gros poings fermés, devine, dans quelle main ? Il avait choisi la mauvaise. Pleure pas, bécassin, regarde. C'était un appeau ravissant, en forme d'oiseau, taillé dans de l'os. Tu l'as fait pour moi ? Non, pour le roi d'Angleterre, souffle voir dans sa queue. En entendant le chant de la grive, il avait oublié de pleurer.

Le vieil homme s'enveloppe de sa serviette. Dans le miroir embué, son visage est si flou qu'il pourrait être celui d'un autre. Il pourrait être celui de cet amoureux disparu dont il ne sait presque rien, sinon qu'il avait des cheveux noirs et la beauté d'un loup. Maximilien. Est-ce que vraiment il lui ressemble, et comment le savoir ? L'envie le prend d'aller dans sa chambre pour voir si elle l'appelle encore Max, si elle l'entoure de nouveau de ses bras. À quoi bon, elle n'y pense sans doute plus.

Il ouvre la porte de la salle de douche, l'air frais dissipe la buée sur la glace et il retrouve sa bonne vieille tête de tous les jours. Il réentend les paroles qu'elle a prononcées, *ils t'ont pas arrangé là-bas*. En vérité, c'était blessant. Bien sûr, il a des cernes, des plis autour de la bouche, mais il se tient droit, il a encore des cheveux, il est plutôt bien conservé. Qu'est-ce que ça peut te faire, oublie, René. Mais le trouble qui l'a saisi auprès de cette femme ne le quitte plus.

Avant de s'habiller, il sèche soigneusement le pendentif qu'il porte en secret, enchaîné à son cou, et qu'il ne quitte même pas pour se laver. Ce n'est ni une croix, ni une médaille, c'est une simple clé de laiton, et pourtant elle est plus précieuse que l'or. Si l'humidité l'oxydait, elle ne pourrait plus entrer dans la serrure de sa petite maison.

Un jour, il retournera dans son coin de campagne, loin de la grande ville. Là-bas, il n'y a ni palais, ni cathédrale. Les fermes ont d'humbles murs de brique à pans de bois, et des toits bruns qui descendent très bas, comme des chapeaux de pluie. Les bois sentent la terre humide, et cachent des étangs encerclés de roseaux. L'hiver, quand les prés s'inondent, les oiseaux s'y reflètent si exactement qu'on ne sait plus où commence la terre et où finit le ciel.

Madeleine n'ouvrira ni les yeux, ni la bouche. Max n'est pas dans la salle à manger. Les autres, c'est bien assez d'entendre leurs couverts contre les assiettes, leur mastication et leur déglutition qui lui coupent l'appétit, plus encore que l'odeur du poisson. Entre ses cils mi-clos, elle entrevoit une fourchette avec un peu de purée, madame Balland, votre fils va s'inquiéter si on lui dit que vous n'avez rien mangé depuis hier, depuis votre arrivée.

Elle a déjà entendu ces mots, il y a une éternité. C'était au printemps 41. On l'avait envoyée chez ses grands-parents aux vacances de Pâques, mais elle avait vite deviné que ces vacances-là seraient longues. Dans la grande cuisine de l'auberge, sa grand-mère tenait la fourchette, si tu manges pas, Mado, je vais téléphoner à Paris, maman va s'inquiéter. Et derrière la grand-mère, la bonne, comme une immense ombre portée, tenait contre son oreille un téléphone imaginaire, posait une main sur son cœur. Tu peux pas l'appeler, mémé, les Allemands ont coupé la ligne. Rien qu'une bouchée, Mado. J'ai une dent qui bouge. Ça n'empêche pas de manger, regarde donc la Mane. La bonne lui a montré sa bouche à demi édentée. T'en fais pas, ma Mane, a dit l'enfant, elles vont repousser.

La Mane s'appelait Marianne Janvier, parce qu'on l'avait trouvée en janvier, nouveau-née, sur les marches enneigées d'une église, c'est du moins ce que pensait Mado. Elle était si grande qu'elle n'avait pas besoin d'escabeau pour changer une ampoule, si forte qu'elle transportait sans brouette les charges les plus lourdes. Parfois sa tête se détraquait, elle épluchait une pomme de terre au point qu'il n'en restait rien, ou fendait une bûche jusqu'à la réduire en esquilles. Elle n'était pas tout à fait muette, de temps en temps un mot lui venait.

Si tu finis ton assiette, a dit Mémé, je coudrai une robe comme la tienne pour ta poupée. Je veux aussi une barboteuse pour mon poupon. On dit *je voudrais*, a répondu la grand-mère, mais la Mane, avait déjà fait oui de la tête. Mado a laissé le poisson et mangé la purée.

La bonne a posé la fillette debout sur la table débarrassée, et la grand-mère lui a essayé la robe bleu ciel, gigote pas comme ça, gare aux épingles. L'enfant caressait les boucles de la vieille femme, les mêmes que les siennes devenues poivre et sel, sans doute à force de cuisiner. Mémé, faut que Jeanne d'Arc ait sa robe pour dimanche puisque ce sera sa fête. Toi aussi, ma caille, il faut que tu sois belle, tu vas tirer la tombola, tu seras la main innocente. L'enfant a regardé sa main, pourquoi moi ? La bonne a agité ses longs bras comme des ailes et, d'une voix fluette qui jurait avec sa taille, elle a prononcé le mot *ange*. Puis, troublée d'avoir parlé, elle s'est tournée vers Jeanne d'Arc, la poupée blanche, et Jacky, le poupon noir, qui tenaient tout juste dans le moïse en osier, étroitement embrassés, et a remonté leur couverture pour qu'ils n'aient pas froid. Oui, a dit la grand-mère, elle a l'air d'un ange, mais rien que l'air.

Dans la salle à manger, Madeleine, les yeux toujours mi-clos, se raidit. À la place de la femme à la fourchette, il vient de s'asseoir à côté d'elle sans qu'elle l'ait entendu approcher. À sa façon de surgir subitement, elle a reconnu son amour. Elle observe son visage, ses cheveux, son menton. Maintenant, dans la pleine lumière, le doute la saisit. Si ce n'était pas lui ? Elle prend sa main tavelée, la retourne. Max avait dans la paume une profonde entaille. Est-il possible que le temps ait fondu sa cicatrice dans sa ligne de vie ? L'homme lui sourit, ses lèvres tremblent un peu, il hésite à parler. Elle s'avance jusqu'à le toucher presque, dis-moi, mon petit sauvage, c'est bien toi ?

Il toussote, baisse la tête, murmure, écoute, en vérité. Mais elle l'interrompt, dis-moi, je t'en supplie, dis-moi que c'est toi, tu m'avais promis que tu serais de retour avant la fin du bal des Moissons. Tu avais dit je vais saluer ma mère, prendre mon paquetage, et je reviendrai, juré, danser la dernière danse avec toi. Te dire au revoir. Et elle, elle l'a attendu toute la nuit, errant parmi les stands de la fête foraine. C'est seulement quand le ciel a commencé à blanchir qu'elle a compris. Elle n'a pas pleuré, Madeleine, comme une madeleine, pas question, d'ailleurs elle avait plus de colère que de chagrin. La dernière danse, toute la nuit, j'ai attendu, toute ma vie, tu m'entends, et toi, tu étais où ?

Sa voix s'envole si haut dans les aigus que tous les attablés, même les plus sourds, cessent de manger et tournent la tête vers eux. Suspendus aux lèvres de l'homme, ils attendent, pleins d'espérance. Ils comptent sur lui pour leur prouver que l'amour n'a pas d'âge, qu'il est encore à leur portée. À voix basse ils commentent, la pauvre, il l'a laissée, il l'a oubliée, non, il fait semblant. Allez, dites-lui, dites-lui donc que c'est vous, ne la faites pas languir plus longtemps. Alors, porté par ce chœur antique, il regarde ses beaux yeux, les couleurs de ses iris, et dit oui, c'est moi.

Et voilà que montent en elle toutes les larmes ravalées depuis cette nuit-là. Le pauvre vieux Max sort un kleenex de sa poche et le lui tend, mais au lieu de sécher ses pleurs, elle le lui passe sur le visage, comme pour effacer les rides et retrouver ses traits.

Ce soir-là, René attend sœur Célestine. On ne sait jamais à quelle heure elle arrive, ça dépend du temps qu'elle passe dans les autres chambres, elle dit chez moi, quand on rend visite aux anciens, on ne regarde pas sa montre. Il sait qu'elle viendra le voir le dernier, pour pouvoir rester plus longtemps. Les autres sont couchés, mais lui non, il est encore tout habillé, il a préparé deux verres de guignolet et du pain d'épice sur une assiette.

En l'attendant, puisque c'est vendredi, il écrit à sa fille. Quelle idée l'a prise, sa petite Nadège, d'aller vivre si loin, alors que ses parents n'ont voyagé qu'une fois, et encore, à Venise, comme tout le monde. Elle, au contraire, n'a jamais eu froid aux yeux. Elle s'est exilée aux confins de la terre, à Thulé, une base scientifique perdue du Groenland, au-delà du cercle polaire. Elle extrait de la banquise de longues et fragiles barres de glace qu'elle analyse pour connaître le climat d'il y a cent vingt mille ans. Le cinéma, là-bas, ce sont les aurores boréales, du moins il le suppose, car elle ne répond jamais à ses lettres.

René lui donne de ces nouvelles insignifiantes qu'on écrit à ceux qu'on aime, le dessert du lundi, le temps de la veille, les noisettes encore vertes, est-ce qu'il y a des noisetiers au Groenland ? Il n'a pas envie de lui parler de sa rencontre de la veille. Il préférerait lui rappeler, même si elle connaît l'histoire par cœur, la nuit où il était descendu dans le magasin de jouets et l'avait trouvée en chemise de nuit, éperonnant de ses petits pieds nus un cheval à bascule. Il lui écrit qu'il a profité du soleil pour aller se promener au Belvédère. Vu d'en haut, avec sa cathédrale, ses églises, son palais des Ducs, Dijon ressemblait à une maquette. Il lui décrit tout cela, mais en vérité, il n'en a rien vu, il a plu toute la journée et il n'est pas sorti. Il n'est jamais allé plus loin que le jardin, d'ailleurs, pas une fois en six ans. Quelle importance s'il invente, pourvu qu'il distraie un peu Nadège de sa banquise désolée et des jours interminables de l'été polaire.

Il signe simplement *Ton père qui t'aime*, il n'ose pas se laisser aller à plus de tendresse, de peur de l'agacer. Il glisse la lettre dans l'enveloppe par avion, colle le timbre, ferme le rabat et trace avec application cette adresse à coucher dehors, *Miss Nadège Loriot, Thule Scientific Base, Postbox 12, 3971 Qaanaaq, Kalaallit Nunaat, Groenland*. Puis il glisse l'enveloppe dans un dossier en haut du rayonnage. Sa fille, c'est son jardin secret, et ces lettres ne regardent personne.

Célestine a pris du retard et, pour passer le temps, René se remet à son ouvrage. Assis à sa table, une loupe d'horloger sur l'œil, il ouvre une boîte large et basse qui contient un paysage avec un bois, une route, une voie ferrée en forme de huit et une maisonnette de garde-barrière pas plus haute qu'un œuf. Il y a mis trois personnages, une femme en tablier bleu ouvrant le passage à niveau, un homme dont une jambe est remplacée par un bout de cure-dent, et à la fenêtre de l'étage, guettant l'autorail rouge et crème, un enfant à la tête brune, grosse comme une tête épingle.

Ce carré de campagne, c'est son pays. Il a grandi dans cette maison de garde-barrière, réveillé par le premier train de la journée et bercé par le dernier. Dix fois par jour, au passage de l'autorail, les verres tintaient dans le vaisselier et la suspension vacillait au plafond. Depuis qu'il est arrivé à la Maison de l'Espérance, René travaille sur ce modèle réduit, ajoutant sans cesse de nouveaux détails dont il est le seul à connaître l'existence, une pendule, un édredon. Il manque toujours quelque chose pour que ce soit vraiment parfait, et il ne veut pas mourir avant d'avoir fini.

Ce soir, il pose un point de colle aux pieds d'un héron blanc pas plus haut qu'un dé à coudre et le fixe au bord de l'étang. C'est celui que son père appelait grande aigrette, à cause des longues plumes nuptiales qui lui poussaient au printemps et que convoitaient les chasseurs. Enfant, René essayait parfois de l'approcher en silence, mais il ne se laissait pas surprendre, il fallait se contenter de l'observer de loin.

Imperceptiblement, le décor se modifie sous ses yeux, l'étang se transforme en marigot, à présent c'est une petite fille qui observe l'oiseau. Accroupie au bord du chemin de terre rouge, elle suit des yeux le poisson captif dans le bec orangé, sa descente le long du cou sinueux. Elle porte un uniforme d'écolière, chemisette bleu ciel et jupe foncée, et tient ouvert sur ses genoux un livre au dos décollé, dont le signet s'effiloche entre ses cuisses comme un filet de sang. L'échassier fléchit sur ses pattes, rebondit en déployant ses ailes, frôle un temps la surface de l'eau brune, vient effleurer le visage de l'enfant de ses plumes humides traversées de lumière, avant de s'envoler vers le Nord. Sans essuyer la trace brillante sur sa joue, la fillette retourne à sa lecture, *Elle vit ses frères se changer en onze magnifiques cygnes sauvages qui s'élevèrent au-dessus de la forêt.*

Tu divagues, mon pauvre René, te voilà perdu dans des souvenirs qui ne sont pas les tiens. Bien sûr, les grandes aigrettes passent l'hiver en Afrique, seulement sœur Célestine est beaucoup plus jeune que toi, et le héron qu'elle a vu dans son enfance ne peut pas être le tien.

Sœur Célestine accepte le verre de guignolet mais refuse le pain d'épice. Bientôt, elle ne tiendra plus dans son habit. Sa petite sœur est enceinte et elle lui tient compagnie, par-delà les mers et les continents, en n'arrêtant pas de grossir. L'accouchement est prévu dans trois semaines. Même si c'est le premier-né d'Angélique, Célestine ne fera pas le voyage pour le baptême, elle a fait vœu d'obéissance et restera à la place que le Seigneur lui a assignée.

La sœur et le vieil homme mêlent, comme chaque soir, leurs jolis souvenirs des hauts bassins du Burkina Faso à ceux du bas pays bressan. Elle évoque les saveurs du *saghbo*, de l'*alloco* et des beignets *samsa*, lui celles des *gaudes*, du *millet* et du *matefaim*. Elle lui parle des berceuses de sa mère, de la classe de son père, de ses frères, de sa petite sœur Angélique surtout. Lui, de la barrière du passage à niveau où il se perchait, tout gamin, pendant que sa mère la faisait rouler. Elle raconte la première fois qu'elle a pris le train pour Bobo-Dioulasso, la tête à la fenêtre pour sentir le vent, la vitesse qui la faisait suffoquer. Lui, il voulait conduire des locomotives, mais il a changé d'avis le jour de ses quatorze ans. Pourquoi ce jour-là, mon cher René ? Il fait tourner son verre et ses doigts rougissent à travers la liqueur. Prenez donc une nonnette, ma sœur, elles sont au cassis, vos préférées.

On croirait qu'ils ont connu la même enfance, sans ombre. En vérité, ils ne se disent pas tout. Célestine ne lui a jamais confié comment, elle qui savait marcher depuis qu'elle avait quitté le dos de sa mère, elle avait dû réapprendre, chez les sœurs, à marcher vite et droit, sans le déhanchement langoureux des Africaines qui chagrine la Vierge Marie. C'était le prix à payer pour échapper au sort des femmes, pour gagner la liberté de travailler comme un homme. Elle ne lui dit pas non plus que le soir, dans son lit, elle inspire très fort et pose une main sur son ventre, sainte Marie, mère de Dieu, bénis ma petite sœur Angélique, bénis le fruit de ses entrailles.

René guette le moment où, avant de se lever pour partir, la sœur ôtera ses lunettes, les essuiera avec le bas de son habit, et où il verra son visage nu, soudain rajeuni. Il a gardé pour lui un rêve qu'il a fait, où elle dormait, sans voile, sur une natte, dans une case de terre rouge. Lui-même, vêtu d'un long boubou de fête, un bouquet de pivoines à la main, il la demandait en mariage. Son Afrique était ridicule, elle ressemblait à une publicité pour du chocolat, mais on ne commande pas à ses rêves.

Ce soir, à l'instant où sœur Célestine retire ses lunettes et souffle sur les verres, René se décide à parler. Il doit raconter qu'il a surpris la nouvelle pensionnaire tout à l'heure, en train d'essayer de faire le digicode pour sortir de la Maison. Si elle s'échappe, s'il lui arrive malheur, ce sera sa faute. Seulement, s'il la dénonce, est-ce qu'on ne va pas lui donner des calmants ?

Alors c'est un autre aveu qui lui vient aux lèvres. La rencontre nocturne dans le jardin, les yeux à la beauté étrange, avec cette tache en forme d'île qu'il lui semble avoir déjà vue quelque part. Cette femme qui l'a pris contre elle, croyant embrasser son amour de jeunesse, et qu'il a laissé faire. Lui qui ne s'est plus confessé depuis sa communion solennelle, il avoue le mensonge dans lequel il est en train de s'enferrer en acceptant d'être pris pour ce disparu, miraculeusement revenu d'entre les morts. Il ne pense plus qu'à elle, qu'à la suivre, à la protéger, à l'empêcher de s'enfuir. À se faire aimer, surtout, même à la place d'un autre.

Quand Célestine remet ses lunettes et s'apprête à partir, le regard de René la suit comme une question, attendant sa réponse, son absolution. Mais elle se tait. Juste avant de refermer derrière elle, dans l'entrebâillement de la porte, elle récite, du ton dont on décline une identité, ce qu'elle sait de cette dame. Elle s'appelle Mme Balland, née Guyard, Madeleine, anciennement pharmacienne, veuve depuis deux ans. Son fils unique l'a fait venir ici parce qu'il habite la région depuis peu. Elle a soixante-dix-neuf ans. En apparence, elle va bien, mais d'un moment à l'autre elle a des absences de mémoire, des mots incohérents. Ce n'est pas une démence classique, ils cherchent, même s'ils ne peuvent pas la soigner, ils porteront un diagnostic, ce sera rassurant. René ne répond pas. Pour lui ce n'est pas rassurant du tout. Tant que le mal n'a pas de nom, on peut douter qu'il existe vraiment, tandis qu'après…

Dans l'embrasure de la porte, le visage de sœur Célestine, malgré ses lunettes, semble plus nu que jamais. Elle toujours si sûre d'elle-même, René la voit hésitante, pour la première fois. Il cherche dans son regard le fil qui les reliait. Leurs enfances jumelles, comme un serment de gamins mêlant leurs sangs en se tailladant le poignet, à la vie, à la mort. Il était son frère, son père ou son fils, selon les moments. Mais ce nouvel amour fait pencher ailleurs la balance de ses pensées. Et la sœur, déçue ou libérée, l'abandonne.

Il remonte son drap jusqu'aux yeux. Il devrait se sentir soulagé, mais c'est l'inverse. La cage s'est refermée sur lui, et maintenant, il est obligé d'aller jusqu'au bout. Madeleine Guyard, Madeleine Balland, ces noms ne lui disent rien. Quant à ses traits, plus il en cherche l'origine, plus elle lui échappe, tel un osselet qu'on veut attraper dans le sable. Pour la première fois de sa vie, il a beau fouiller dans sa mémoire d'éléphant, ouvrir l'un après l'autre ses tiroirs d'ivoire, remuer les vieux papiers et les images ternies, il ne trouve rien. Il lui semble pourtant que cette beauté, ce visage presque triangulaire aux yeux si singuliers, lorsqu'il l'a rencontré pour la toute première fois, était celui d'une très jeune fille, ou même d'une enfant.

Quand les derniers trains sont passés au bas de la colline, il pose son appareil auditif sur la table de chevet. Des sons assourdis lui parviennent encore, si lointains qu'il lui semble être en marge du monde. Alors, flottant entre la veille et le sommeil, il perçoit dans la nuit, bien au-delà des voies de chemin de fer et du lac, le bruit d'un autre train, d'un train invisible qu'il est le seul à entendre. Il sait que s'il entend ce train fantôme au moment de s'endormir, un rêve reviendra le hanter, qui est toujours le même varié à l'infini.

Il est couché près de sa femme dans son appartement, au-dessus du magasin de jouets. Un chuchotement incessant le tire de son lit. Giselle dort, elle n'a rien entendu. Armé d'une lampe torche, il descend dans la boutique obscure, où le faisceau de lumière balaie les toupies, monte vers les chevaux, effleure les têtes des poupées, sans trouver personne. Il s'en doutait, le murmure vient du sous-sol. Il s'engage dans l'escalier glacé et vertigineux qui s'enfonce sous la terre. Il les reconnaît maintenant, ces voix d'enfants qui montent vers lui. Pour ne pas les effaroucher, il pose la main devant la lampe et la lumière dessine en rouge les os de ses phalanges. Au centre de la pièce, une quinzaine de gamins en pyjama, debout en rond, fixent de leurs yeux écarquillés un objet mystérieux. En s'approchant, il s'aperçoit qu'ils ne sont pas faits de chair. Ce sont des poupées grandeur nature, sauf une, sa fille, sa mieux-aimée. De leurs bouches entrouvertes sort un gémissement qui enfle peu à peu, devient une plainte lancinante, puis une ritournelle où il est question de *joli vent* et de *fusil d'argent*, et cette chanson est si douce, si atrocement douce et familière, que le vieil homme se réveille en sursaut.

III

LE FILS DE L'OISELEUR

Le jardin est plein de familles venues installer leurs vieux au soleil, en ce premier dimanche de l'été. Récemment encore, un jour comme celui-ci, René serait resté enfermé dans sa chambre à l'heure des visites, puisqu'il n'en vient jamais pour lui. Si Nadège n'habitait pas si loin, elle aussi viendrait voir son père de temps en temps avec des chocolats, ou les mains vides, peu importe.

Madeleine est au milieu des arbres, tournée vers la pente, au même endroit que le soir de la Saint-Jean. Elle porte une robe d'été sans manches et des bottes fourrées. Le doigt pointé vers l'herbe, elle montre quelque chose à son fils, qui se tient derrière elle avec sa femme. René n'ose pas s'approcher. Comment demander à cet homme si sa mère a aimé un certain Maximilien, mort ou vivant au bout du monde ? Il va te croire gâteux. Il vaudrait mieux commencer par te présenter, parler de L'Oiseau bleu, ton magasin de jouets et de modèles réduits, fermé depuis six ans. Qu'est-ce que c'est devenu, au fait, tu ne sais même pas, tu n'as jamais voulu savoir.

La vieille femme descend plus bas vers le chemin des Brûlées, et les autres la suivent. René aussi, à quelques pas. De son bras droit elle dessine lentement une ellipse entre les arbres, *bye-bye, he's gone again.* Qu'est-ce que tu cherches, maman ? L'ange, mon ange, tu l'as pas vu, toi ? Il était là tout à l'heure, ces salauds ont dû l'emmener.

La belle-fille se tourne vers son mari, ça recommence, dès qu'elle est dehors, elle parle d'un ange que des gens ont emporté, on n'y comprend rien. Il n'y a rien à comprendre, ma chérie, c'est des visions qu'elle a, des hallucinations. Ces mots se nouent dans sa gorge, on dirait qu'il en veut à sa mère de jouer à un jeu ridicule. Il dit ensuite avec plus de douceur, pour réfuter l'irréfutable, penser qu'à Pâques elle conduisait encore, elle dessinait, elle cultivait son jardin, et puis d'un coup…

La phrase suspendue semble inviter René à entrer dans le cercle, où était-il, ce jardin, est-ce que votre mère est de la région ? Il a parlé bas, de peur que Madeleine ne s'aperçoive de sa présence, et ne rejoue devant sa famille la scène de l'autre soir, l'étreinte, les mots d'amour. Mais elle ne l'entend pas, ne le voit pas. C'est la belle-fille qui répond, parlant d'elle comme si elle n'était pas là, non, elle est née à Paris, dans le quartier de Denfert, ensuite elle a vécu à Colombes, toujours, elle était pharmacienne.

Le fils a les yeux fixés sur sa mère, et pourtant René devine que ses paroles rauques sont pour lui. Oui, elle cultivait ses plantes médicinales, et puis d'un coup, sans prévenir, sa tête... Sur l'IRM, à six semaines d'intervalle, des zones entières se percent de trous comme des éponges. Le médecin dit que d'ici à quelques mois... Un geste vague de la main finit la phrase. Il se tait, gêné sans doute de dévoiler à un inconnu l'état du cerveau de sa mère. Sa femme lui arrange son col sur la nuque, écoute, à la voir, elle a l'air mieux, certains jours elle redevient presque normale, tout est possible. Oui, répond l'homme, tout est possible, mais pour lui, visiblement, ces mots n'ont pas le même sens.

Madeleine est tout en bas maintenant. Son fils la rejoint, ils sont trop loin pour qu'on perçoive ce qu'il lui dit. Il lui saisit le bras pour la ramener, se penche vers elle, l'air tendu. La vieille femme sourit, lui passe la main dans les cheveux, et aussitôt il s'apaise. Une mère et son petit garçon, pense le vieil homme. Comment a-t-il pu, lui qui est si grand, tenir tout entier dans son ventre ?

La belle-fille s'adresse vraiment à René maintenant. Je voudrais rassurer mon mari, vous savez, mais il a raison, ça va terriblement vite. Si, comme le pensent les médecins, c'est la maladie de Pick, il n'y a rien à faire. Dans deux semaines, ils feront une nouvelle IRM pour tenter de confirmer le diagnostic. Mais on ne peut pas en être sûr, tant que le patient est en vie.

Remonté dans sa chambre, René s'assoit sur son lit et éteint son appareil. Il préfère ne plus rien entendre. Le polyester du couvre-lit se dérobe sous ses doigts, n'offre aucune prise. À quoi bon connaître le nom du mal ? Pick, un oiseau piquetant le cerveau à coups de bec. Il voit le médecin à son bureau, madame, d'ici deux ou trois mois, vos cellules corticales vont se... Mais non, Madeleine n'a probablement aucune idée de ce qui l'attend. Ça vaut mieux pour elle. Il essaie d'imaginer les semaines qui viennent comme il le faisait habituellement, un horaire des chemins de fer, mais les lignes se brouillent, les colonnes s'effondrent, l'avenir sort de ses rails, jusqu'où, jusqu'à quand ? Sa propre mort lui paraît moins effrayante que cette échéance-là.

Il s'allonge sur le ventre, enfonce sa tête dans l'oreiller, cherchant une odeur de duvet. Toute la literie est synthétique. Chez ses parents, son traversin sentait les plumes que son père triait selon leur taille et leur couleur, dans l'appentis derrière la maison, loin des yeux des passants. René n'avait pas le droit d'y toucher. Eugène les tenait devant lui dans la lumière pour lui faire admirer leur iridescence et la perfection des barbes et des barbules. Les plus longues étaient les pennes des queues de faisan, mais il préférait celles du geai des chênes, avec leurs rayures bleues et noires. Régulièrement, un plumassier passait en acheter un lot. À peine touchées par lui, les plumes n'appartenaient plus aux oiseaux ni aux bois, elles s'envolaient vers la ville, pour se percher sur les chapeaux des dames. L'enfant entrevoyait des costumes de cabaret en satin pailleté, épousant le corps parfait et nu d'une danseuse.

Le plumassier ne franchissait jamais le seuil de la maison. Personne ne venait chez eux, d'ailleurs, à part Jacques, le mécanicien du train. Son père et lui s'étaient connus à l'hôpital pendant la guerre. Tous les matins, Jacques menait son filleul René à l'école dans l'autorail qu'il conduisait. Il ralentissait devant la maison de garde-barrière, hissait l'enfant dans la cabine, puis le déposait derrière la mairie en l'aidant à sauter sur le ballast, allez, file, petiot. Grâce à lui, René arrivait toujours le premier, alors qu'il habitait plus loin que tous les autres, même ceux des hameaux de la Troche ou de Sennecey.

Une fois par mois peut-être, après souper, Jacques venait voir Eugène. Ces soirs-là, la mère se couchait tôt et envoyait René au lit. Les hommes parlaient tout bas dans la cuisine, et lui, allongé dans sa chambre, collait son œil à une fente du plancher. Les doigts de son père roulaient une cigarette et ceux de Jacques ouvraient l'étui des dominos. Au début de la partie, les pièces formaient devant chaque joueur un rempart en arc de cercle, qui diminuait à mesure que s'étirait, au centre de la table, leur petit train. C'étaient de superbes dominos en os fabriqués par Eugène, qui avait ajouté au jeu classique une vingt-neuvième pièce gravée de deux tibias croisés comme un drapeau de pirate, une sorte de joker dont il fallait se débarrasser avant la fin de la partie.

René les entendait. Depuis plus de vingt ans, les deux hommes se racontaient leur Guerre, la vraie, la Grande, ajoutant un détail oublié aux scènes qu'ils connaissaient par cœur. Le père croyait tenir son fils à l'abri de ces histoires, et pourtant, aussi facilement que la fumée des cigarettes, elles montaient jusqu'à lui par cette mince brèche entre deux lattes, avec du sang et des éclairs, de la boue et des tripes, des cratères et des morts.

Jacques parlait moins que le père mais buvait davantage. Parfois, il laissait passer son tour, eh, Jacquot, c'est à toi. Mais Jacquot ne voulait plus jouer. Il balayait de la main les petites tombes blanches. Cache ton mistigri, celui-là, avec ses tibias, c'est comme si les morts venaient me demander des comptes. Tais-toi donc, faisait le père en se penchant pour ramasser les dominos par terre, si on les avait pas descendus, c'est eux qui l'auraient fait, et puis c'est loin tout ça. Non, répondait Jacques, c'est encore là.

Ces combats et ces morts n'effrayaient pas René, il les portait depuis toujours au fond de lui. Il pouvait s'endormir à même le sol en les écoutant. Certains soirs, cependant, les mots de son père le glaçaient d'angoisse. C'était quand il parlait de Perthes-lès-Hurlus. Même si le nom faisait penser à *hurluberlu*, c'était un vrai village, dans la Marne. Là-bas, au bois du Paon, une mine avait anéanti le 10e régiment d'infanterie. Envolés, les copains, disait Eugène, pulvérisés, il en est pas retombé un lambeau. La seule vie qui restait, tu vois, c'étaient les oiseaux qui passaient dans le ciel, les corbeaux, surtout, qui tournoyaient en attendant ma mort. Parce qu'ils n'avaient plus rien à bouffer, à part moi. Moins ma jambe droite. Jacques répondait arrête, vieux, je la connais, l'histoire de ta jambe. L'enfant se demandait de quelle histoire il parlait.

Mais le plus terrifiant, à Perthes-lès-Hurlus, n'était ni la mort de milliers de soldats, ni la jambe arrachée du père. C'était que ce village avait été rayé de la carte. Son nom l'avait sans doute prédestiné à disparaître. Tant d'obus et de bombes y avaient explosé que pas un pan de mur n'était resté debout, pas même les tombes du cimetière. René se couchait, serrant dans sa main le petit appeau taillé par son père, mais ça ne suffisait pas à le rassurer. Le lit, la maison se dérobaient, la terre s'ouvrait pour l'engloutir. La nuit, il se rêvait à la place d'un habitant retournant au village et cherchant l'emplacement de l'école, de la boulangerie, du café-épicerie. Il ne trouvait qu'un paysage lunaire aux vastes cratères, dont le sable était de la poudre d'os. Pas de ruines. Pas de traces. Comme si rien n'avait jamais existé.

Madeleine commence à bien connaître ce couloir, avec ses six portes de chaque côté. Elle y marche en zigzag, comme autrefois dans celui de l'auberge, son terrain de jeu. Avec la guerre et la Ligne de démarcation, il n'y venait presque personne et elle avait l'étage pour elle toute seule. En socquettes pour ne pas que Pépé l'entende, elle y faisait la course avec son ombre, ou bien elle entrait dans une chambre au hasard, se couchait sur le lit, contemplait un moment le plafond sans penser à rien, puis se remettait à courir. C'était avant l'arrivée des Allemands.

De temps en temps, la vieille femme ouvre une porte au hasard et entre. Toutes les chambres ressemblent à la sienne, elles ont les mêmes meubles de stratifié rose. Elle y trouve un vieux occupé à compter les nuages du papier peint. Il a tant de rides qu'il a l'air d'avoir plusieurs siècles. Elle s'approche, l'examine, lui pose la main sur le bras, vous avez un œil qui pleure, je vais vous donner un collyre. Elle fouille dans son petit sac, ne trouve pas, dit je vais revenir. Merci bien, docteur, vous êtes gentille.

La porte de la dernière chambre du couloir est grande ouverte. Dans le fauteuil, un homme est assis, le dos bien droit, il est moins vieux que les autres. Il lève les yeux vers elle, lui sourit, il lui rappelle son premier amour. Elle n'est pas sûre que ce soit lui, alors elle ne dit rien. Elle parcourt la chambre, regarde les livres sur l'étagère, en prend un, le remet n'importe où. Des numéros du *Journal de Saône-et-Loire* sont posés sur la table. Elle feuillette celui du jour, lundi 25 juin. Le titre, *Navilly, Le pont en travaux*, retient son attention et elle se penche sur la photo. Ce pont, elle le connaît.

Soudain, sa voix change et se charge de rancune. Je lui ai pas donné la main. Il a pris ma valise pour la porter, mais ma main, j'ai dit *nein*. Ses doigts suivent sur l'image le long parapet de pierre. Qui ça, Madeleine, demande le vieil homme, qui a porté ta valise ? Le soldat allemand qui gardait le pont, la Ligne, il a pas laissé ma mère m'accompagner pour me confier à ma grand-mère. J'ai dû traverser avec lui. J'avais les jambes courtes, il marchait vite et le pont était long. Mémé m'attendait au bout, il lui a donné ma valise, on a envoyé des baisers à maman, de loin. Tu es sûre que c'était le pont de Navilly ? Elle répète à voix basse, Navilly, Navilly, ça ne lui dit rien. Et l'endroit où tu allais, il s'appelait comment ? Elle ne répond pas.

René s'accroche aux mots de Madeleine. Navilly, c'est presque chez lui, à une quinzaine de kilomètres, c'est là qu'on passait la Ligne de démarcation. Si le pont est bien celui-là, ils ont pu se rencontrer pendant la guerre, près du Doubs. Elle s'est remise à fureter dans la chambre, et il la laisse faire jusqu'au moment où elle tend la main vers le grand dossier blanc, tout en haut de la bibliothèque, auquel personne n'a le droit de toucher. Pour l'en empêcher, il détourne son attention en mettant en marche son petit circuit ferroviaire. Elle regarde l'autorail tourner en rond, c'est joli, à quoi ça sert ? À rien, c'est un jouet, juste pour le plaisir. Les jouets, soupire-t-elle, ça peut aussi faire de la peine.

Il montre la maisonnette de garde-barrière, c'est là que j'ai passé mon enfance. Il se demande si elle va démentir, dire que la maison de Max n'avait rien à voir, mais elle éclate de rire, comment tu faisais, c'est minuscule. C'est vrai, au fond, pense René, j'ai grandi dans une maison de poupée. Dans la cuisine, sans quitter la table, on pouvait remplir le broc à l'évier, attraper du sucre dans le buffet ou une casserole sur le fourneau.

Madeleine parcourt du doigt les tuiles faîtières de la maquette. Moi, c'est le contraire, chez Mémé c'était plein de chambres, avec un long couloir pour courir. Un château, peut-être ? Elle fait non de la tête. Un pensionnat alors, est-ce qu'il y avait beaucoup d'enfants ? Non, rien que moi, avec Pépé, Mémé, et puis la Mane qui travaillait encore pour nous. Au début, on était tranquilles, parfois des voyageurs restaient dormir. Ensuite, les Allemands ont tout occupé. Même ma chambre. C'était donc un hôtel. René énumère des lieux, Ciel, Verdun, Damerey,

Saint-Maurice-en-Rivière, l'un d'eux la fera peut-être tressaillir. Trop tard, elle est partie.

Il la raccompagne dans sa chambre, espérant y trouver un portrait d'elle jeune, qui ferait ressurgir en lui le souvenir de leur première rencontre. Il n'y a là que deux photos, toutes deux récentes, une adolescente dans un jardin et une fillette devant un sapin de Noël, la même à quelques années de distance, qui lui ressemble un peu par la largeur des pommettes et la gracilité du cou. Sa petite-fille sans doute. Madeleine montre la poupée métisse dans les bras de l'enfant, c'est moi qui la lui ai offerte.

René se tient tout près d'elle, penchée vers la photo et il sent son parfum de mûre. Une boucle échappée de son chignon lui tombe sur la tempe. S'il osait, il la remettrait en place. Puis il la prendrait par la taille et danserait avec elle sur l'air de cette dernière danse dont elle a parlé. Quelle idée, René, tu la connais à peine. Et tu as toujours évité les bals, avec Giselle tu n'as jamais dansé, même le jour de vos noces. La danse est un drôle de jeu, tu le sais bien.

Il le sait depuis les soirs où, après le passage du dernier train, Jeanne prenait son accordéon. Ce vieil instrument au soufflet rafistolé, dont certaines anches ne jouaient plus, remplissait de musique la cuisine et toute la maison, tandis qu'elle chantait de sa voix de blues, un peu éraillée, *Je ne sais pourquoi j'allais danser*.

L'enfant admirait les doigts courant à l'aveuglette sur les boutons de nacre. Il savait que ces *doux mots d'amour* n'étaient pas pour lui. Eugène reprenait le refrain avec Jeanne en buvant un verre d'eau-de-vie, puis un autre, jusqu'à ce que des larmes lui montent aux yeux, *serrée par des bras audacieux*. Alors oubliant son pilon et son corps massif, il quittait sa chaise pour aller tourner autour d'elle. Elle se levait aussi en continuant de jouer, il se plaçait derrière elle, prenait sa taille dans ses mains et se frottait contre elle dans l'étroit espace entre la table et l'évier, *le meilleur de mon être*. Une fois, tout petit, René avait voulu se joindre à eux, et un coup de hanche l'avait envoyé dans le buffet. Il n'y avait plus de place pour lui dans la cuisine. Il n'existait plus, il n'était jamais né. S'il disparaissait, ses parents ne s'en apercevraient pas.

Il montait à l'étage, *comment ne pas perdre la tête*. Il se promettait, une nuit, de voler la jambe de bois de son père pendant son sommeil et de la cacher au fond d'un fourré, pour qu'il ne danse plus jamais avec sa mère. Cette folle pensée le réconfortait un peu. Il fermait sa porte et se couchait, rabattant son traversin sur ses oreilles pour ne plus entendre ni l'accordéon si mal nommé, surtout quand il se refermait dans un dernier souffle grinçant, ni les deux voix fatiguées qui continuaient de s'emmêler, glissant du chant aux cris, ni les chocs du pilon sur le carrelage, ni la chute d'un corps qui peut-être en entraînait un autre, *c'est du passé, n'en parlons plus*.

Oui, la danse est un jeu dangereux. Pourtant, en regardant la mèche échappée de son chignon, René éprouve soudain le désir d'emmener Madeleine au bal des moissons, pour se faire pardonner la faute d'un autre, en dansant avec elle cette dernière danse promise. Il poserait la main sur sa nuque si fine, effleurerait sa tresse roulée en chignon. Ou plutôt, il en retirerait une à une les épingles et la laisserait se dérouler lentement, descendre le long de son dos, jusqu'à la taille, jusqu'à ses reins, plus bas encore.

Ce soir-là, en passant saluer René, sœur Célestine remarque, dans le journal ouvert, la photo d'un pont avec ses vieilles arches de pierre. Tiens, c'est Navilly. Il s'étonne qu'elle le connaisse, je sais que vous visitez la région en ethnologue, ma sœur, mais ce pont n'est pas dans les guides. Mon grand-père, explique-t-elle, est enterré là-bas. Il écarquille les yeux à l'idée qu'un Africain soit enterré en terre bourguignonne.

Mon grand-père, tirailleur sénégalais, a été tué en 1940, sur ce pont, par un nazi, à cause de la couleur de sa peau. Tous les 23 juillet, depuis que je suis en France, je vais déposer un bouquet sur le parapet et prier sur sa tombe de soldat inconnu. Mais si c'est un soldat inconnu, ma sœur, comment savez-vous que c'est votre grand-père ? Le père de mon père n'est pas revenu de la guerre, on ignore où et quand il est mort. Alors cet Africain inconnu, je l'ai nommé Célestin Ouédraogo. Après tout, le soldat de l'Arc de Triomphe aussi a sûrement des descendants, et c'est triste. Les bouquets des généraux et des ministres, les prières des évêques, ça ne remplace pas une famille. Les morts aussi ont besoin d'amour.

Il fait doux, le vent joue avec le voilage de la fenêtre ouverte. Elle renonce à laisser entrer plus longtemps dans cette chambre paisible un souvenir cruel, les chasses à l'homme organisées par les soldats de la Wehrmacht sur les prisonniers noirs. Comme du Burkina de son enfance, elle n'en garde qu'une belle image, et parle seulement des fleurs qu'elle dépose sur le pont, des pivoines, toujours, ses préférées.

Ce n'était pas pour l'argent du plumassier que le père de René s'intéressait aux oiseaux, ni pour leur chair, même s'il en faisait pour sa femme des galantines et des vol-au-vent. La vraie raison était plus profonde. Eugène braconnait sans fusil ni couteau, car depuis la Grande Guerre il avait les armes en horreur. Sans filets non plus pour ne pas abîmer les plumes. Il fabriquait de fines cages d'osier camouflées de mousse, et restait à proximité pour que l'oiseau, une fois pris, n'ait pas le temps de se blesser en s'affolant. Il avait très tôt enseigné cet art à son fils. Il l'envoyait sous les fourrés et dans les arbres, là où sa jambe l'empêchait d'aller. L'ouverture était le moment le plus délicat, l'oiseleur s'en chargeait. Il attrapait l'animal en contenant ses ailes et l'examinait. Au moindre défaut, pennes abîmées, traces de blessure, il le relâchait. Seul un hôte parfait pouvait habiter sa volière. Il l'apprivoisait à sa manière en lui parlant doucement, viens là mon tout beau, reste *vers moi*, et en le fixant dans les yeux comme s'il l'hypnotisait. Puis, continuant ses incantations, il le serrait contre lui tendrement, pour ne pas risquer de lui briser les os. L'enfant observait les soubresauts affolés des ailes entre les mains puissantes, et admirait ce père qui savait tuer avec amour.

C'est un soir comme un autre, Jeanne ne joue pas de musique et Jacques n'est pas passé. L'enfant monte se coucher, mais avant d'entrer dans sa chambre, il frappe deux coups légers à l'autre porte. Un grognement répond, il sait qu'il peut entrer. Il pousse la porte avec précaution, car un mouvement brusque anéantirait des heures de travail. Au centre de la pièce, Eugène est penché sous une lampe devant un établi couvert d'outils spéciaux.

Il vient d'achever son nouveau chef-d'œuvre. Pendant de longues soirées, il l'a assemblé comme un puzzle compliqué. Avec une infinie délicatesse, ses doigts épais posent le fragile édifice sur une tige de métal fixée à un socle de bois. Les pièces ont été assemblées au millimètre, collées ou fixées par des vis et des crochets invisibles. Les ischions dessinent une courbe parfaite, le bréchet est translucide et le bec jaune éclate dans la lumière. Alors, tu le reconnais, ton merle ? C'est René qui l'a rapporté à son père, et en voulant le sortir lui-même du piège, il a failli le laisser s'échapper.

Eugène appelle cet endroit sa volière. Autour de lui, des dizaines de squelettes d'oiseaux s'alignent sur des rayonnages, tout un bestiaire de volatiles fantômes dessinant en clair, sur le fond du mur bleu-gris, leur architecture fantastique. Il y en a de toutes sortes, colverts au cou en forme de S, faisans, poules d'eau, courlis, fauvettes, hirondelles, mésanges, et bien d'autres encore. Les grands ressemblent à des maquettes de compagnons charpentiers, les petits à de la dentelle. Les plus belles pièces de la collection, une oie cendrée, un grand duc et quelques autres, suspendues au plafond, déploient leurs ailes. René rêve de rapporter à son père un oiseau encore plus grand, encore plus beau, qui deviendrait le roi de la volière.

Chaque spécimen, même le moindre étourneau, porte un nom. Et ton merle, dis voir, comment qu'on va l'appeler ? Tommy. Le père fait non de la tête, non, pas Tommy, Jean-Louis plutôt. Jean-Louis, c'est parfait pour un merle. De toute manière, c'est toujours Eugène qui choisit. Il donne aux oiseaux les prénoms des copains du 10e régiment, Antonin, Auguste, Justin ou Aristide. Il plaisante avec eux, leur rappelle les bons moments, ce ragoût qu'il était arrivé à cuisiner là-bas, malgré tout. Il fait les questions et les réponses, chacun a une voix, un accent, il en vient de tous les coins de France et même d'Afrique. Il n'a jamais dit à René ce qu'ils sont tous devenus, mais l'enfant le sait.

Eugène nettoie lui-même sa volière, Jeanne y entre rarement. Mais après sa mort, restée seule dans la petite maison au bord de la ligne désormais désaffectée, les barrières enlevées, elle passera beaucoup de temps à caresser amoureusement les squelettes avec son plumeau. Elle ne se plaindra pas de sa solitude, ces oiseaux lui tiendront compagnie, surtout le héron, le plus beau de tous malgré son aile réparée. Un dimanche, en venant lui rendre visite, son fils la trouvera là-haut, en train de chanter *Mon amant de Saint-Jean* devant son étrange public.

René glisse une main sous sa chemise, presse la petite clé de laiton contre sa peau. Après son mariage, il est allé moins souvent voir sa mère. Au début, Giselle l'accompagnait, mais elle trouvait le coin trop isolé, la maison exiguë, il aurait fallu ajouter une véranda. Jeanne refusait, tout devait rester en l'état, d'ailleurs à quoi bon agrandir, on n'a pas tant de monde à loger. À ces mots, son regard s'attardait sur la taille si mince de sa belle-fille. Avec le temps, ses allusions au petit qui tardait à venir se sont faites si insistantes que Giselle n'a plus voulu venir à Fauverey avec René. Quand il a hérité de la maisonnette après la mort de Jeanne, il a continué d'y aller seul. Il y passait juste le dimanche pour aérer les chambres, entretenir le jardin, arracher les ronces sur le bout de voie ferrée qui le longeait. Parfois, sa petite Nadège l'accompagnait, elle s'amusait à marcher sur un rail comme une funambule, et il la regardait de loin, si agile et si légère qu'elle semblait ne pas toucher le sol.

Devenu veuf, au lieu de retourner plus souvent à la maison de garde-barrière, il a cessé d'y aller. Tous les jours il en caressait l'idée, sans parvenir à se décider. Ce serait si simple, pourtant. Il prendrait le bus jusqu'à la gare de Dijon-ville, monterait dans le train régional, passerait Saulon, Longecourt-en-Plaine, Saint-Jean-de-Losne, Seurre, Navilly, et descendrait à la gare haute de Saint-Bonnet. De là, il marcherait jusqu'à sa maison minuscule, plus humble que la plus humble des fermes, posée dans un coude de la route, au bord de la voie ferrée. Et il serait chez lui.

IV

TROIS FRÈRES

Cette fois-ci, Madeleine s'est échappée dans la rue. Heureusement que René la suivait. Quand il arrive dans le hall, la porte vitrée s'est déjà refermée derrière elle. Peut-être a-t-elle réussi à composer le code, ou suivi quelqu'un. En tout cas, la voilà dehors, et René doit la rejoindre. Seule, elle errerait au hasard dans cette ville inconnue, et ce serait sa faute, puisqu'il l'a vue sortir. Ses doigts tremblent, et quand il parvient enfin à ouvrir la porte, elle a traversé le parking et s'est engagée dans la rue de l'Espérance.

Dès la première fois qu'il l'a vue, il y a une semaine, avec ses souliers rouges, il a su qu'elle finirait par trouver une brèche dans la vigilance du personnel. Récemment, elle s'est mise à circuler de plus en plus souvent dans le bâtiment. Et lui, au lieu de s'enfermer dans sa chambre comme avant, il a laissé sa porte ouverte pour surveiller le couloir. Il a gardé son appareil pour entendre son pas reconnaissable entre tous, bien plus vif que celui des autres résidents. Il fallait qu'il soit là pour la retenir, au cas où, garder la barrière.

Elle avance vite, son sac de cuir dansant contre sa hanche, sait-elle vraiment où elle va ? Sans essayer de la rattraper, il reste quelques mètres derrière elle, tâche de ne pas la perdre, mon vieux. La tête lui tourne légèrement, la montée sans doute, ou bien l'air du dehors. Il s'aperçoit qu'il est dans la rue pour la première fois depuis six ans, depuis cent ans. Si longtemps entre les murs de la Maison de l'Espérance, et tout d'un coup, le voilà dehors, comme un prisonnier libéré.

Il se souvient que d'ici, on rejoint la rue de la Libération, qui à gauche descend vers le boulevard de Chèvre-Morte, et à droite monte vers le chemin des Glacis, l'église et le Belvédère. Bientôt, atteignant la crête de la colline, la route cesse de monter. Attirée par la vue splendide qui s'ouvre devant elle, Madeleine traverse sans voir une voiture qui débouche de la gauche et qui l'évite de justesse dans un crissement de pneus. René vacille, il sent son sang refluer vers son cœur, mais elle n'a rien remarqué, elle est déjà de l'autre côté.

Quand il la rejoint, elle lui sourit comme si elle savait depuis le début qu'il la suivait. La main sur le cœur, il s'assoit sur le banc et reprend son souffle. En contrebas s'ouvre la vue sur le lac, la ville et la plaine. Souvent, avec Giselle, ils montaient jusqu'ici le dimanche. Ils laissaient l'Aronde au bord de la route pour s'asseoir à cet endroit précis et embrasser le paysage du regard, avant de redescendre déjeuner au bord du lac. Voilà plus de six ans qu'il n'est pas revenu, pourtant le panorama n'a pas changé. D'ici, la cité ressemble toujours à un modèle réduit, avec les tuiles vernissées de Saint-Bénigne, la pierre dorée du palais des Ducs, le dôme vert de Sainte-Anne et son petit air viennois.

René voit resurgir devant lui, dans l'air bleuté, l'image si souvent contemplée de mémoire, pendant six ans. Tout d'un coup, ces six années n'existent plus. Il renoue avec la vie qu'il a vécue dans la vieille ville, à l'angle de la rue Musette et de la rue des Godrans. Il se rappelle toutes les ruelles, le moindre mur, le moindre pavé. Il revoit, au dos de l'église, la chouette de pierre usée depuis des siècles par des milliers de mains et de vœux. Giselle est si souvent allée la caresser en murmurant des prières, que la trace de ses doigts doit y être encore visible. Une étrange tristesse l'envahit tout à coup. Et bien que Madeleine soit près de lui, il n'ose pas lui passer un bras autour des épaules, poser son visage dans le creux de son cou, l'embrasser. Il s'asseyait sur ce banc avec Giselle, et il aurait l'impression dc la trahir.

Il chasse cette idée en pensant à son magasin. Il se rappelle l'adrcssc de chacun de ses clients. S'il pouvait voler au-dessus de la ville et soulever les toits, il saurait où découvrir tel castelet, tel meccano ou telle robe de fée, achetés chez lui. Il décrit pour Madeleine les mobiles et les boîtes à musique, les toupies et les marionnettes, les voiliers et les chevaux à bascule. Il lui parle du grand circuit ferroviaire installé au sous-sol, son royaume, avec ses ponts et ses tunnels, la nuit qui succédait au jour une fois par minute, ses habitants, ses maisons, ses commerces, même un magasin de jouets. Dans ce petit monde parfait, la mort n'existait pas. Madeleine scrute la ville comme pour voir ce dont parle René. La bouche entrouverte, elle ressemble aux enfants qui, dans sa boutique, suivaient des yeux les rames illuminées. C'est ainsi, il en est sûr à présent, qu'il l'a vue pour la première fois. Une fillette fascinée, mais par quoi ?

Il attend qu'elle le contredise. S'il est son amour perdu, son soldat parti au bout du monde, comment s'était-il retrouvé marchand de jouets à Dijon ? Mais elle ne lui demande rien. Les yeux fixés sur la ville, elle murmure, moi, j'ai eu des jouets qui m'ont fait pleurer. J'avais deux baigneurs, Jeanne d'Arc, et Jacky, et un seul berceau, et comme Jacky était noir, le lieutenant disait… Elle cligne des yeux, semble chercher ses mots dans le lointain. Quel lieutenant, Madeleine ?

Il avait une fille de mon âge, Gerta, ou Gerda, un nom avec *guerre* dedans. Il m'a montré sa photo, au milieu de tous ses cadeaux de Noël, c'était fou, en pleine guerre. Elle avait une maison de poupée plus haute qu'elle, avec des étages, des fenêtres, des balcons. Plus tard, quand on a entendu parler des bombardements alliés sur l'Allemagne, je me suis dit qu'elle avait dû être détruite aussi, à l'époque ça m'a fait plaisir. Elle était trop belle. Tu as raison, répond René, ils font de si beaux jouets, les Allemands.

Sur le chemin du retour, une sonnerie retentit dans le sac de Madeleine. Elle en sort un téléphone, décroche, bonsoir mon ange, oui, très bien, merci, et elle raccroche aussitôt. Il sonne à nouveau et elle le tend à René. Sur l'écran s'affiche un visage avec de grandes boucles d'oreilles, où il reconnaît la jeune fille vue en photo dans la chambre. Lui qui n'a jamais eu de portable, il se demande si son interlocutrice peut aussi le voir. Il décroche. *Maddie, tu m'as raccroché au nez.* Sa voix est trop gaie, trop aiguë, on dirait qu'elle a bu. Il entend des éclats de rire, de la musique, elle doit être à une fête. René tousse, excusez-moi, je ne suis pas votre grand-mère, je suis son voisin. Un bref silence, puis un rire. Il se demande si elle n'a pas mis le haut-parleur. Il a envie de raccrocher, mais elle lui pose une étrange question, *ma grand-mère m'a dit qu'elle a retrouvé son premier fiancé, d'avant mon grand-père, est-ce que c'est vous ?* René regarde le dos de la vieille femme qui s'est éloignée. Oui, c'est moi. Elle parle plus fort pour couvrir les sifflets, *Je croyais que vous étiez mort à la guerre, en Indochine, je suis vraiment contente que vous soyez en vie.* Merci, mademoiselle, moi aussi, je suis content.

Ce coup de fil lui occupe l'esprit toute la soirée. La petite-fille semble savoir sur sa grand-mère des choses que son fils ne connaît pas. Si Madeleine avait eu une fille, elle lui aurait parlé de ce fiancé perdu. Elle a dû attendre longtemps, que cette enfant naisse et soit assez grande pour l'entendre, avant d'épancher son vieux chagrin d'amour.

Maximilien a donc fait la guerre d'Indochine. Comment Madeleine a-t-elle pu confondre René avec un militaire, lui qui a été exempté de service, qui n'a jamais touché un fusil de sa vie, lui qui, à L'Oiseau bleu, refusait de vendre des petits soldats ou même la moindre épée de bois ? Son père, mutilé de 14, avait banni les armes de leur vie. Il a tout fait pour éviter à son fils d'aller, comme il disait, faire le guignol avec un pétard. Jamais il ne lui a dit un mot de la guerre, pour préserver en lui l'innocence de l'enfance. Et pourtant, la guerre était chez eux, la violence était partout, et la mort guettait. Pourtant, il tuait des oiseaux. Mais quand son fils lui demandait pourquoi, il répondait c'est des bêtes, tu comprends, c'est pas pareil.

René s'étonne de sa propre audace, du mensonge qui l'a fait entrer dans leur confidence. Lui toujours si raisonnable, si respectueux, le voilà qui prend la place d'un autre. Qui usurpe l'identité d'un mort. Heureusement, cette fille était ivre, elle ne se souviendra de rien.

Mado ne sait pas encore que ce dimanche 11 mai 1941 sera le jour le plus important de sa vie. Tout ce qu'elle sait, pour l'instant, c'est que sa poupée Jeanne d'Arc a bien de la chance, avec ses cheveux moulés dans le celluloïd. Les siens, au contraire, sont tout frisés, une vraie tignasse à démêler, dit sa grand-mère, même si dans le soleil, ils ressemblent à une auréole. Il n'y a pratiquement pas eu de clients à l'auberge depuis l'autre jour, et elle a pu finir les habits des poupées. En voyant Jacky dans sa barboteuse bleu ciel, la Mane l'a trouvé si beau qu'elle ne voulait plus le lâcher.

Ce devrait être un hommage à la Pucelle, une idée du maréchal, avec défilés, discours et bouquets de fleurs. Mais Pépé, qui est le maire du village, a décidé que ce serait surtout une fête pour les enfants, qui ont le droit de s'amuser malgré la guerre. Une petite kermesse sans flonflons, avec une pêche à la ligne, un jeu de massacre et à la fin, une tombola pour tout le monde.

L'ambiance n'est pas vraiment joyeuse. Il fait un temps de saints de glace et Mado a froid, car elle a refusé de mettre un lainage pour montrer qu'elle a les mêmes manches bouffantes que ses poupées. Et s'il n'y avait que le ciel gris. On est en zone libre, mais de justesse. En face, de l'autre côté de la rivière, les maisons si proches, les saules et les roseaux pareils à ceux d'ici, sont à l'étranger. Et depuis que le pont a été détruit, c'est devenu un autre monde.

Un mât de cocagne a été dressé au milieu de la fête. À cause des restrictions, au lieu de la dinde et des gros saucissons, on a suspendu à la roue un simple lapin. Il vient d'être tué et du sang dégoutte encore de son œil, tachant le gravier de la place. Les jeunes gens tentent leur chance sous les encouragements du public, ils s'élèvent de quelques mètres sur le fût savonné et retombent lourdement. Tout d'un coup, la foule se tait, quelqu'un murmure tiens donc, voilà les princes. Trois garçons que Mado n'a jamais vus arrivent en courant, deux adolescents et un petit qui doit avoir le même âge qu'elle. Des princes, mais alors déguisés en pauvres. Le plus costaud se place au pied du mât, le second se juche sur ses épaules, et le plus jeune, pieds nus, les escalade aussi facilement qu'un chat sauvage, puis, enserrant le bois entre ses minces cuisses brunes, parvient au sommet. Il décroche le lapin et le brandit. Personne n'applaudit. Il fourre l'animal sous sa chemise et se laisse glisser jusqu'aux deux autres, qui le rattrapent comme font les acrobates. Il leur tend son trophée et eux, sans un mot, lui donnent une légère tape derrière la tête. Le devant de sa chemise est trempé de sang.

Mado n'avait encore jamais joué au jeu de massacre. Sa première balle passe à côté, à la troisième, elle démolit toute la pile de boîtes de conserve. Elle se remet dans la file pour recommencer, elle ne sent plus le froid. Une grande fille dit tiens, où qu'ils sont passés, les fils Prince, ils ont vite emporté leur lapin. Prince, c'est donc le nom de famille des trois frères, elle est un peu déçue.

À la fin de l'après-midi, son grand-père vient l'arracher au jeu. C'est l'heure de la tombola, Mado, fais voir tes mains, si elles sont propres. On l'installe sur une estrade, près de la caisse où sont entassés les billets pliés. Avant la guerre, on mettait en loterie un jambon, un porcelet ou même un agneau, cette année le gros lot sera une vieille poule. Pourtant, tous les billets ont été vendus. Les gens, pour plaisanter, viennent demander à l'enfant de tirer leur numéro, hein, ma puce, te trompe pas, prends bien le mien.

Elle se tient droite sur sa chaise, Jeanne d'Arc et Jacky assis à ses pieds. Derrière elle, la poule donne de temps en temps un coup de bec contre les barreaux de sa cage. La main de Mado fouille dans la caisse pleine de bouts de papier, puis sort des numéros l'un après l'autre. C'est amusant. Les gagnants s'avancent pour recevoir une boîte de sardines, un paquet de biscuits ou une bouteille de vin, ils embrassent la fillette pour la remercier et elle s'essuie la joue contre sa manche bouffante. Pour le dernier, le gros lot, elle hésite, un billet puis un autre, les yeux fermés, allez, ma caille, décide-toi. Enfin, elle en tire un qu'elle tend à son grand-père. Le huit. Les gens vérifient leur numéro, dépités, ils s'interpellent, ils fouillent dans leurs poches, dans leurs sacs. Personne n'a le huit.

Tout d'un coup, le petit Prince surgit devant l'estrade. Il tient un bout de papier froissé dans sa main sale. Le maire le prend, le déplie, il est si souillé de sang qu'on ne peut rien y lire. C'est pas le huit, petiot, et puis tu as déjà eu le lapin. L'enfant se retourne vers ses frères, puis de ses yeux de loup fixe le vieil homme, qui évite son regard et lui rend son ticket. Le gamin crache dessus et le frotte contre sa manche, ça ressemble à un tour de passe-passe, les gens se méfient et murmurent. Il montre à tous le chiffre bien lisible en proclamant *huit*, et Mado remarque qu'il lui manque des incisives en haut, comme à elle. Huit, ce doit être son âge, à lui aussi.

Le maire hausse les épaules, dis-moi voir, tu l'as acheté, ce billet, ou tu l'as trouvé quelque part ? Mais puisque personne d'autre ne réclame le lot, à contrecœur, il tire la poule de sa cage et la tend à l'aîné, c'est votre jour de chance, aujourd'hui, les Prince. Maintenant, filez. Sans sourire, sans rien dire, le gamin regarde Mado. Son coup d'œil est bref, mais si intense qu'elle frissonne. Elle comprend qu'il la remercie, qu'il lui promet quelque chose en retour. Une sorte de pacte. Elle n'aura pas trop de toute sa vie pour se rappeler sa beauté de loup, à cet instant.

Les trois frères repartent en courant, emportant leurs gains comme des voleurs. L'un des grands a perché le cadet sur ses épaules, l'autre tient d'une main le lapin, de l'autre les pattes de la poule qui caquette et agite désespérément ses ailes, soulevant la poussière du chemin. Une fois la fête finie, tandis que la foule se disperse, Mado reste longtemps assise près de la tombola. Elle serre Jacky et Jeanne d'Arc contre elle parce qu'il commence à faire vraiment froid. Elle regarde sa main droite, qui tient encore l'autre moitié du billet numéro huit, et s'étonne de ne pas la voir tachée de sang.

Des baigneurs en celluloïd, avec des cheveux moulés, René en a vendu des centaines à L'Oiseau bleu, jusqu'à ce que les poupées de plastique les remplacent dans les années soixante. Ensuite, il les a montés au grenier, comme tous les jouets passés de mode, ces orphelins dont les enfants ne voulaient plus. Sous la haute charpente s'alignaient des rangées de chevaux à bascule, des piles de seaux de métal coloré, des grappes suspendues d'insectes et d'oiseaux de bois peint. Il aurait été incapable de se séparer d'eux. Il aimait les voir tôt le matin, quand le soleil, par la lucarne, les touchait d'un rayon où dansait la poussière, et qu'ils semblaient prendre vie.

En quittant L'Oiseau bleu, il a tout donné au Musée bourguignon. Il n'a jamais vu ce qu'ils en ont fait. Mais sœur Célestine, qui a visité tous les monuments de la région, lui a dit y avoir vu quelques petits jouets parmi les objets exotiques, comme les chapeaux noirs des Bressanes qui mériteraient d'être au musée des Arts premiers, à Paris.

Quand le bâtiment du musée était encore un orphelinat, René y avait apporté des jouets pour un Noël.

On lui avait proposé une houppelande rouge et une barbe blanche, mais il avait préféré venir quand les bambins seraient endormis et rester invisible. Un grand sac de toile sur l'épaule, il était monté au dernier étage et s'était glissé dans le grand dortoir sous les toits. Comme il n'y avait ni sapin, ni cheminée, il avait déposé contre le mur du fond les paquets soigneusement emballés par Giselle.

Le dortoir avait une odeur particulière, de plumes et de sève. Sur la pointe des pieds, il s'est avancé dans l'allée centrale, sur son passage quelques petits ont remué et soupiré dans leur sommeil. C'était un bonheur inconcevable, que de contempler ces enfants endormis. Il s'est approché d'un des plus jeunes, d'assez près pour reconnaître dans ses cheveux duveteux le parfum du nid de mésange. Il l'a pris dans ses bras, enveloppé de ses couvertures. L'enfant était léger, et René s'est senti soudain étrangement fort, comme s'il portait le monde entier. Il le ramènerait chez lui. Il le déposerait sur le lit de Giselle, ce serait son cadeau de Noël. Il a fait quelques pas vers l'escalier, mais l'enfant s'est réveillé et René l'a vivement recouché à sa place. Il est reparti, emportant dans ses mains un peu de sa chaleur.

Il lui arrive de rêver que les jouets donnés au musée, tous ceux qui ne sont pas montrés aux visiteurs, se trouvent là, sous les toits, dans l'ancien dortoir des enfants trouvés. Il voit la vaste pièce remplie de vieux joujoux, comme son grenier de la rue Musette. Devant les petits lits de métal alignés contre les murs, s'avance un long cortège fantastique. Les pantins, les marionnettes et les baigneurs aux yeux de verre montent des chevaux à bascule, tandis qu'au-dessus d'eux volent des abeilles, des papillons, et des cigognes de bois peint. C'est lui, le marchand de jouets qui les fait danser sans fil ni baguette. Assis au bord d'un lit, il tient l'orphelin blotti dans son drap. Ses cheveux ont la même odeur et il est encore plus léger qu'autrefois, plus léger qu'une plume. Il dort, et pourtant ses yeux sont grands ouverts. Aucune lumière ne s'y reflète. Il contemple, comme dans un rêve, les joujoux qui, pour lui seul, valsent dans un doux rayon de lumière.

V

LES CYGNES SAUVAGES

L'arrivée de Madeleine à la Maison de l'Espérance a perturbé l'emploi du temps de René. Depuis dix jours, il manque les séances de gymnastique, le dessin, la chorale. Il ne passe plus voir les aides-soignantes pendant leur pause cigarette. Maintenant, quand elles le croisent, elles haussent les sourcils, eh bien, monsieur Loriot, on ne vous voit plus. Les après-midi, il ne bricole plus son petit réseau. Au lieu de cela, il suit Madeleine dans le jardin ou, secrètement, dans les rues, où elle s'aventure de plus en plus loin. Il craint vraiment qu'elle se perde, qu'elle se fasse renverser par une voiture. Même dans la Maison, il l'accompagne partout.

Aujourd'hui, elle n'est pas sortie de sa chambre. Il la trouve assise face à l'*Annonciation* de Botticelli, une reproduction qu'elle avait chez elle et que, la veille, son fils a accrochée là. Elle tourne à peine la tête en entendant René ouvrir la porte, elle dit entre, je t'invente. Il suppose que ça veut dire je t'invite. Il s'assoit à côté d'elle, mais au lieu de regarder la peinture, il la regarde, elle. Immobile, le regard absorbé, elle n'est plus là. Elle s'est évadée dans le tableau.

Ses yeux et sa main se promènent sur l'image, en explorent le moindre détail. Elle revient vers l'ange, encore et toujours. La chute de l'ange. C'est clair, Gabriel est en train de se casser la figure. Il perd l'équilibre, sa tête s'incline vers le sol, il va s'écraser sur les dalles. René n'avait pas remarqué cette instabilité, maintenant elle le dérange. Et si c'était Gabriel, l'archange tombé du ciel dont Madeleine parle si souvent, celui qu'elle cherche entre les arbres du parc ?

Les heures passent, dehors la lumière commence à baisser, et ils sont toujours là tous les deux, captifs. Car lui aussi, il est entré dans le tableau. Quelque chose, dans cette scène si familière, l'émeut douloureusement. Quelque chose qu'on ne peut pas voir. C'est l'écho de paroles qui n'ont pas encore été dites, mais dont on sent déjà, à mille signes, la présence invisible. L'annonce.

Il se rappelle une autre bonne nouvelle. C'était à la clinique Sainte-Marthe, il était assis avec Giselle, les mains crispées sur les accoudoirs, face à un bureau vide. Tous deux étaient impatients, vaguement inquiets. Ils n'osaient plus espérer, plusieurs fois ils avaient été déçus. La sage-femme est entrée dans la pièce, les pans de sa blouse flottant comme des ailes. Elle a souri, madame, vous êtes enceinte. René a regardé sa femme qui éclatait d'un rire fou. Après toutes ces années, toutes ces tentatives, ces vœux et ces prières, elle qui se reprochait ses sept ans de plus que lui, qui pensait devoir renoncer à être mère, elle riait sans pouvoir s'arrêter.

Le rire sonore de Giselle, c'était justement ce qui l'avait séduit, la première fois qu'il l'avait vue. Elle était entrée dans la pâtisserie où il travaillait, rue des Godrans, pour acheter un chou à la crème. En l'emballant, il s'était mis de la chantilly sur le doigt et elle avait trouvé ça drôle. Quand elle était repartie avec le petit paquet en pyramide, il l'avait regardée traverser la rue d'un pas sautillant de moineau, et entrer dans la boutique d'en face, à l'angle de la rue Musette. Ah, c'était donc la fille de la marchande de jouets. Elle était revenue le lendemain, puis tous les jours. Il lui fabriquait spécialement, pour l'amuser, des choux à la crème en forme de cygne au cou tendu, tordu, contourné, chaque fois différents. Quand il lui avait demandé son nom, elle avait répondu Giselle, avec deux *l*. C'était sûrement un signe.

À partir de ce jour, il avait passé beaucoup de temps à aligner les gâteaux dans la vitrine. Il y avait toujours un éclair qui dépassait, une tartelette posée de travers, qu'il redressait méticuleusement. Il en profitait pour espionner la jeune fille qui allait et venait, servait un client, grimpait sur un escabeau. Son image à travers la vitrine, dans le reflet des pâtisseries, paraissait plus charmante encore. Il enviait les jouets sur lesquels elle posait les mains. Il aurait voulu se changer en marionnette pour ne pas la lâcher d'un fil.

Il a épousé Giselle, est devenu marchand de jouets, mais il a continué à lui faire des cygnes en pâte à choux, des îles flottantes et d'autres douceurs, parce qu'il se rappelait son père cuisinant pour sa mère, et croyait que les hommes se font aimer ainsi.

Dans le cabinet de la clinique Sainte-Marthe, tandis que Giselle rit aux éclats, René flotte entre ciel et terre. Il voit clairement un bambin faire ses premiers pas entre les rayons de L'Oiseau bleu, traînant un canard de bois à roulettes. Il se voit lui-même écartant les obstacles devant lui. Il ne sait pas s'il est le père, l'enfant aux pas chancelants, ou bien le canard bleu qui n'est plus un jouet mais un vrai oiseau aux ailes irisées, la patte liée par une ficelle.

Le vieil homme revient au tableau de Botticelli, il s'égare un peu dans ses souvenirs. Il se demande si c'était la même sage-femme qui, quelques mois plus tard, dans le couloir de la maternité, lui a apporté une autre annonce. Elle tenait dans ses bras un petit paquet enveloppé d'un précieux drap de batiste blanche. Elle ne souriait plus.

Ce devait être une joie. Sœur Célestine a attendu ce 3 juillet avec tant d'impatience. Un de ses frères lui a promis une réunion de famille virtuelle pour fêter son anniversaire. Ils devaient tous se rendre chez un collègue qui leur prêterait son matériel, et Célestine se trouver devant un ordinateur à onze heures du matin. Oui, la secrétaire installerait le logiciel. Oui, elle serait au rendez-vous.

Maintenant que l'heure approche, elle se demande si elle a bien fait de faire venir M. Loriot. Elle voulait lui présenter ses frères et sa sœur, dont elle lui a si souvent parlé. La vérité c'est qu'elle appréhendait ces retrouvailles et qu'elle ne voulait pas être seule de ce côté de l'écran. Quand elle le lui a proposé, il a d'abord cru qu'il allait les voir en chair et en os, toute une famille débarquant du Burkina avec ses bagages dans le hall de la Maison de l'Espérance. Hélas non, mon cher René.

Ils sont assis côte à côte dans un bureau, à attendre la connexion. La secrétaire, par discrétion, s'est éclipsée. Rien ne se passe encore. Célestine ferme les yeux. Derrière ses paupières passent les *Cygnes sauvages* du vieux livre d'Andersen. La petite princesse s'endort dans la forêt et rêve de ses frères partis au bout du monde. Ils lui apparaissent feuilletant un livre d'images où tout est vivant, les oiseaux chantent, les personnages jaillissent des illustrations. Et si l'écran était pareil à ce livre magique, si ses frères et sa sœur le traversaient pour la rejoindre ?

Quand elle rouvre les yeux, ils sont là. Ce sont d'abord des silhouettes floues, qui bientôt se précisent et qu'elle reconnaît. Ils sont assis sur un large canapé, serrés les uns contre les autres pour tenir dans le cadre, le frère aîné et sa femme, leurs trois enfants, le frère puîné, sa sœur Angélique avec son gros ventre. Au début, les mots sont hésitants, presque guindés. C'est peut-être la présence inattendue de ce vieil homme blanc inconnu à côté de leur sœur, qui les intimide. Ils donnent des nouvelles des frères qui n'ont pas pu venir, des cousins, toute une liste de parents plus ou moins éloignés. Chaque fois, un visage à demi oublié se redessine dans la mémoire de Célestine, chaque fois elle remercie, saluez-les de ma part. Après quoi le silence retombe.

Eh bien, Marie-Céleste, dit la belle-sœur, ça fait deux jours. À ces mots, Célestine sent passer sur son visage l'aile humide de la nostalgie. Est-ce d'entendre son vrai prénom, ou cette expression de là-bas, où l'on dit *deux jours* pour un temps infiniment long, tout d'un coup, elle mesure comme jamais la distance qui la sépare de ses proches, les continents, les mers, les années. Au lieu de la joie espérée, elle éprouve la douleur de l'absence. Comment se retrouver sans pouvoir se toucher, s'étreindre, s'embrasser ? L'affection se déperd dans tous ces câbles et ces ondes. Soudain, l'image se fractionne en carrés. Célestine se revoit ouvrant l'enveloppe envoyée par son père au pensionnat, avec la photo de sa mère. Ces yeux aimés, soudain étrangement lointains et tristes, comme si, au déclic de l'obturateur, elle avait compris qu'elle allait mourir.

Ses larmes coulent, et elle ne pense pas qu'ils la voient pleurer. Angélique plaque ses mains sur son ventre, réjouis-toi, grande sœur, plus que deux semaines. Célestine la regarde, elle rit et pleure à la fois, dis-moi, petite sœur, est-ce que ton enfant s'est retourné tête en bas. Pas encore, répond la cadette, mais il va le faire. Elle se lève et vire sur elle-même en une volte aussi gracieuse qu'une danse. Avec sa robe multicolore tendue comme un ballon, elle est merveilleusement belle, si belle que Célestine oublie un instant de s'inquiéter.

Puis l'image saute, voilà que le mouvement de la danseuse se morcelle en saccades, et tout son corps éclate en une mosaïque de parcelles colorées, qui se fige sur l'écran. *Connexion interrompue*. Célestine se penche sur l'ordinateur, elle appelle, parlant plus fort au cas où Angélique pourrait encore l'entendre, écoute-moi, il faut que tu revoies la sage-femme, il faut qu'elle t'aide à retourner l'enfant, sinon il faut prévoir une césarienne, va trouver le médecin à l'hôpital, je t'envoie de l'argent. Elle s'agrippe au cadre de l'écran, elle crie maintenant, le front contre le verre pour projeter sa voix de l'autre côté, m'entends-tu, petite sœur, m'entends-tu ? Elle voudrait briser la vitre et les rejoindre. La main de René sur son bras, lui rappelle où elle est. Ma Sœur, je crois bien que c'est fini.

Célestine reste encore longtemps immobile devant l'écran en veille, où des cristaux de glace défilent à la place des visages aimés. Ils ne se sont pas dit au revoir. Elle devrait rendre grâce au Ciel pour ce jour béni. Mais en vérité, ce cadeau d'anniversaire a été un supplice. Sa famille lui manque mille fois plus qu'avant.

En rentrant dans sa chambre, elle retire ses lunettes. Dans la pièce floue, sa mère, assise sur le lit, l'attend. Elle est enceinte, comme la dernière fois qu'elle l'a vue, avant de partir en pension à Bobo-Dioulasso. Chez les sœurs, l'écolière ne pleurait jamais, elle laissait cela aux orphelines, mais la séparation était comme une crampe au plus profond de son corps. Un matin, une sœur est venue à elle, lui a posé une main sur l'épaule, et avant qu'elle dise ma fille, tu dois être courageuse, elle a compris. Elle a voulu savoir si l'enfant était vivant, et la sœur a fait non. Elle a pensé le petit frère a tué notre mère, et pourtant il aura le privilège d'être enterré avec elle, dans ses bras pour l'éternité.

Elle a été courageuse. Elle n'a pas pleuré, même si elle en avait le droit, maintenant qu'elle était orpheline, elle aussi. Mais ce soir-là, en se déshabillant, elle a senti, pour la première fois, une larme couler sur sa cuisse. En la touchant ses doigts se sont rougis. Sa mère lui avait dit tu verras, ton sang coulera chaque mois, sauf quand tu seras enceinte, il en va ainsi pour toutes les femmes. Ce soir-là, dans le dortoir bruissant de prières, elle a promis à sa mère que fidèlement, jusqu'à sa vieillesse, elle offrirait à Dieu, chaque mois, ces larmes de sang. Elle ne retournerait pas au village, elle n'élèverait pas ses frères et sa sœur, elle ne se marierait pas, ne connaîtrait pas l'enfantement. C'était sa façon de choisir la vie.

Elle a cessé depuis longtemps d'en vouloir à ce petit frère. Il lui arrive même de penser que c'est grâce à lui qu'elle a épousé Dieu. De toute manière, elle n'aurait pas pu se soumettre à un homme. Même avec Jésus, elle a parfois du mal, et Dieu sait qu'il est plein de mansuétude. Son sang revient tous les mois, très rouge sous son habit blanc. Elle n'a jamais eu de regrets.

Ce soir-là, sœur Célestine n'a pas fait sa tournée. René s'inquiète. L'après-midi, déjà, elle se sentait mal, l'émotion de retrouver sa famille sur l'écran l'avait épuisée. Sœur Marie-Josèphe est passée à sa place, a parlé de mal de gorge, de fièvre, ce doit être la grippe, pour nos pauvres sœurs d'Afrique, ici c'est toujours l'hiver. Il n'en a pas cru un mot.

Le lendemain, elle ne vient pas non plus. Le troisième jour, il décide de monter la voir. Il peut se le permettre, puisqu'elle lui a présenté sa famille. Il sait où se trouve sa chambre, un étage plus haut, au bout du couloir. Il frappe deux coups légers et, comme elle ne répond pas, il ouvre doucement la porte. Elle est dans son lit, endormie, de dos. C'est la première fois qu'il la voit tête nue. Ses cheveux sont coupés court, épousant les formes parfaites de sa tête et de sa nuque. Son bras rond repose sur le drap. Il devrait partir, et pourtant il s'approche. Il passe de l'autre côté du lit pour contempler la beauté de son profil et l'éclat de sa peau sombre. Elle est encore plus belle que dans ses rêves.

Son âge lui saute brutalement aux yeux. Il pourrait être son vieux père. Il pourrait s'asseoir à son chevet pour veiller sur elle, porter le verre d'eau à ses lèvres, poser un linge humide sur son front, tous ces gestes qu'il ferait pour sa fille si elle était malade, mais ça n'est jamais arrivé. René sent une prière lui venir aux lèvres malgré lui, des mots pas très catholiques peut-être, il n'est pas doué pour le rosaire. Soyez bénie, Célestine, entre toutes les femmes. Je ne blasphème pas, Célestine, vous êtes une Vierge noire. Soyez bénie et guérissez, car nous avons besoin de vous. J'ai besoin de vous. *Amen.* Sa main reste un instant suspendue au-dessus du lit, puis descend doucement et effleure du bout des doigts les cheveux ras, brûlants de la fièvre. Elle dort toujours, elle n'a rien senti.

Avant de quitter la chambre, il jette un coup d'œil autour de lui. Les murs sont nus, à l'exception d'une dizaine de photos scotchées au-dessus du bureau, le pape Benoît, sœur Emmanuelle, et des enfants aux sourires édentés parmi lesquels il reconnaît les neveux. Sur la table de chevet, le Nouveau Testament et un autre livre, à la reliure si usée que le titre est illisible. René sait, sans l'ouvrir, que ce sont les *Contes* d'Andersen.

Célestine attend que la porte se referme derrière M. Loriot. Elle ne dormait pas, elle faisait semblant. Sa main passant sur ses cheveux l'a ramenée loin en arrière, à la dernière caresse qu'elle ait reçue. C'était à l'aéroport, quand Angélique l'a serrée si longuement dans ses bras pour lui dire adieu, qu'elle a dû s'en arracher, lâche-moi, petite sœur, je vais manquer l'avion.

Plus loin encore, au temps des origines, quand sa mère la portait sur son dos. La douceur de ce geste a fait sourdre des larmes sous ses paupières. Pourvu qu'il ne s'en soit pas aperçu.

Ce soir, elle ne pourra pas reprendre ses visites. Elle a toujours aussi mal au ventre et cette douleur l'épuise. Du fond de son lit, elle prie, et toute sa force est absorbée par la pensée d'Angélique. Elle voit des mains divines, celles de la Vierge sans doute, saisir le bébé avec des gestes experts de sage-femme, et le retourner tête en bas. Chaque fois, elle sent ses entrailles se contracter et se tordre, mais ça n'a pas d'importance. Elle prend sur elle tout le travail, toutes les infections et les complications puerpérales, pourvu que sa sœur soit épargnée.

À sœur Marie-Josèphe, elle a parlé de maux de gorge. Le feu de ses entrailles ne regarde personne. On lui a apporté du bouillon et des comprimés pour faire tomber la fièvre. Elle ne les a pas pris. Pour la première fois depuis quatre ans, elle n'a pas froid. Elle est dans la maison surchauffée de la Finnoise, sur la route du château de la Reine des neiges. On y cherche le moyen de rendre la petite Gerda aussi forte que douze hommes. C'est inutile. Pieds nus, elle a traversé l'hiver. La force est déjà en elle, en son cœur innocent.

Enfant, Célestine racontait cette histoire, et bien d'autres, à ses frères et à sa sœur. Elle a su très tôt qu'elle avait hérité du don de ses ancêtres griots. Elle les tenait en haleine en s'interrompant aux moments cruciaux. Elle leur décrivait si bien le palais de la Reine des neiges, aux murs faits de glace et de tourbillons, qu'ils en frissonnaient. La nuit, les deux sœurs, blotties l'une contre l'autre, tardaient à dormir. Elles aimaient la blonde Gerda, mais leur préférée était la fille des brigands, la seule de tout le livre à avoir, comme elles, la peau brune et les yeux noirs. Elle était aussi la seule à ne jamais souffrir ni se soumettre. Les autres filles marchaient sur des aiguilles, tricotaient des orties, se faisaient couper les pieds. Pas elle. Avec son couteau et son renne, elle était libre et forte. Elle pouvait faire le mal et ne le faisait pas.

Célestine songe à une autre fillette courageuse, l'héroïne d'un conte de son pays qu'elle a connu bien avant Andersen. C'est une petite sœur, qui suit ses aînées en cachette jusqu'au village voisin. La nuit tombant, elles demandent l'hospitalité à une vieille. Toutes s'endorment, sauf la cadette. Elle entend le bruit d'un couteau qu'on aiguise, car la vieille est sorcière. Que faut-il te donner, petite, pour que tu dormes ? L'enfant exige ceci, puis cela, enfin de l'eau puisée au marigot avec une passoire. Pendant que la sorcière s'échine en vain, la fillette réveille ses sœurs et les aide à fuir. Angélique adorait cette histoire, où la cadette, plus habile et plus vaillante, sauvait ses aînées.

Célestine croit entendre, elle aussi, le bruit de la pierre sur la lame, et il l'empêche de dormir. La fièvre trouble sa pensée, comme la chaleur faisait trembler l'air sur la route de Toussiana. Une autre histoire lui revient en mémoire, qui n'est pas un conte. Bien loin des belles images d'Afrique qu'elle évoque pour M. Loriot, il y a eu un voyage qu'elle n'a jamais raconté à personne. À treize ans, elle a pris le train pour retourner chez elle, assister aux obsèques de sa mère. Elle a passé sa tête à la fenêtre pour s'enivrer de vitesse en sentant l'harmattan la suffoquer. Elle aurait voulu arriver morte au bout de ce voyage, et qu'on l'enterre dans le même cercueil que sa mère, avec le petit frère. Mais une vieille passagère l'a obligée à se rasseoir. Dans son pays, on obéit aux anciens. Elle n'a pas repoussé cette main usée posée sur son bras d'enfant, qui la ramenait, malgré elle, vers la vie.

Madeleine n'aime pas le coloriage, elle espérait mieux de l'atelier de dessin. Pendant que Max et les autres, assis autour de la table, s'appliquent à ne pas dépasser, elle retourne la feuille et, choisissant un crayon couleur de sanguine, elle commence à tracer quelques traits. Le contour d'une grosse bâtisse apparaît, des fenêtres, des cheminées, elle esquisse la perspective, en quelques coups de crayon tout un paysage surgit sous sa main. Max l'observe. C'est beau, qu'est-ce que c'est ? C'est l'auberge.

Elle contemple un instant son œuvre, puis, au crayon noir, ajoute sur la façade une croix gammée. C'est la croix que des gens du village ont peinte pendant la nuit, pour punir ses grands-parents d'avoir logé et nourri les Allemands. Les autres ont cessé de colorier pour la regarder faire, ils murmurent, désapprouvent. C'est dommage, dit sa voisine, c'était splendide et vous gâchez tout. Oui, répond Madeleine, et attendez, j'ai pas fini. Toujours en noir, elle dessine par-dessus la croix une roue à rayons, celle que Pépé a peinte le lendemain pour effacer la honte, mais le mal était fait. Puis elle ajoute des fissures sur les murs, ôte des tuiles, brise des vitres, lézarde les cheminées. La belle auberge est devenue une bâtisse à l'abandon.

René demande à Madeleine si elle dessine souvent. Au lieu de répondre, elle l'emmène dans sa chambre et tire de la penderie un grand carton. Ouvert sur son lit, il laisse échapper des falaises, des chemins, des rochers. La plupart sont des pastels, quelques-uns des sanguines ou des fusains. René déchiffre les titres, *Roussillon-en-Provence 1977, Izmir 1972, île d'Elbe août 1981*. Il l'imagine, plus jeune, dans tous ces lieux où il n'est jamais allé.

Ça, dit-elle en lui tendant un carnet, c'est mon trésor. Ce sont des dizaines de portraits d'enfant à des âges différents, son fils sans doute. Ici, quatre fois sur la même page, un nourrisson endormi, dont la position varie légèrement. Là, il marche sur le sable, encore hésitant, une pelle à la main. Plus loin, penché sur une feuille, ses longues mèches lui cachant les yeux, il dessine un bonhomme. Ou encore, plus grand, l'air absent, regardant peut-être par la fenêtre. À la fin du carnet, René trouve un dessin d'enfant, une figure, des cheveux frisés, un collier rouge et *MA MAMAN* écrit en lettres capitales. La date est la même que sur le portrait du petit garçon tenant un crayon. Pour le vieil homme s'anime une scène paisible et silencieuse, comme sur un vieux film en super-8, où la mère et le fils, face à face, se dessinent l'un l'autre. Il lui semble entrer dans le passé de Madeleine, un contact plus intime que celui de la peau.

Un autre carnet contient des vues de Venise, *Saint-Georges sur la lagune avec le Lido, L'église de la Salute,*

L'île-cimetière de San Michele. Et *Le pont de Soupirs*, qui lui rappelle sa faute.

Venise, leur unique voyage à l'étranger, il l'avait promis à Giselle. Avant de partir, il avait acheté *L'italien sans peine*, et s'était appliqué à répéter des phrases, comme *un burattino meraviglioso, che sappia ballare.* Mais le titre était trompeur, l'italien n'allait pas sans peine, ni Venise.

En juin 1962, ils ont fermé la boutique une semaine. Dans le compartiment des couchettes, eux seuls savaient qu'ils n'étaient pas six mais sept, car un minuscule passager clandestin se cachait dans le ventre de Giselle.

Ils ont joué aux touristes, souri aux pigeons, comparé les jacquemarts de la *Torre dell'Orlogio*, effrayants sous leurs peaux de bêtes, à la gentille famille de poupées géantes de Notre-Dame de Dijon. Ils ont faussé compagnie au groupe pour s'embrasser sur le *Campiello dei Miracoli.* Le troisième jour, ils ont appris que le pont des Soupirs menait les condamnés vers les sinistres Piombi.

La nuit suivante, René est resté éveillé dans la chambre d'hôtel. À la fenêtre, l'enseigne lumineuse *ALBERGO* avait perdu son *G*, il restait *ALBERO.* Il regardait le drap se soulever doucement sur le ventre encore plat de Giselle, qui abritait un miracle, la vie. Il lui semblait entendre, mêlé à la respiration paisible de sa femme, les voix des prisonniers qui l'appelaient au secours. Oui, Venise était un beau voyage et, pourtant, ils n'auraient pas dû partir. Mais Venise n'était pas en cause. Tout était ma faute, pardon, petite Nadège.

Un après-midi, pendant que Giselle se reposait à l'hôtel, il est allé se promener dans le *sestiere* de San Polo. Toutes les boutiques étaient fermées, sauf une, minuscule, où trois femmes, si vieilles qu'on se demandait comment elles tenaient debout, vendaient toute sorte de linge. La première a déplié devant lui une parure de berceau en batiste blanche incroyablement fine, brodée de petits oiseaux et des mots *Sogni d'oro*. Une autre, de ses doigts noueux, l'a adroitement emballée. La troisième a dit *Bravo, Siór, lei ha scelto bene*. Oui, j'ai bien choisi, Giselle sera contente, sûrement.

Mais en ouvrant la boîte, elle s'est mise à pleurer. Il ne savait donc pas qu'on ne devait pas préparer le trousseau du nouveau-né, ni linge, ni layette, avant la naissance, que ça portait malheur ? Il a pesté à voix basse contre ces superstitions idiotes, a remballé les petits draps dans leur papier de soie. Le lendemain, il a voulu les rapporter à la boutique, mais il est passé dix fois dans les mêmes *calli*, est revenu au même canal, le magasin des trois vieilles était introuvable. Il est rentré à l'hôtel et a fourré le paquet au fond de la valise.

Le vieil homme se penche à nouveau sur le dessin du pont des Soupirs. La galerie close, avec ses deux lucarnes, ressemble à un train arrêté sur un pont de chemin de fer. Un train blanc, un train fantôme dans lequel des prisonniers, roulant vers la mort, appellent et se lamentent.

À la fin de la journée, René a vu tous les rochers, les ruines, les falaises, il lui semble avoir suivi Madeleine dans tous ses voyages. Un seul dessin, très différent des autres, l'intrigue encore. C'est une page jaunie, arrachée à un cahier d'écolier, dont il manque plus de la moitié. Un personnage vu de dos y est représenté avec une extrême précision. La feuille est déchirée en biais, de sorte qu'on ne voit que son profil, sa nuque, son épaule, et le bras gauche relevé en équerre, main ouverte. En haut de la feuille, on lit, en rouge, d'une écriture d'institutrice, *Ce jeudi, j'ai vu un Ang.* Il manque la dernière lettre.

René cherche en vain l'autre morceau. Quelque chose révèle une application d'enfant, mais ce papier grisâtre de l'occupation est trop ancien pour que ce soit le fils. C'est toi qui as dessiné cet ange, Madeleine ? Non, c'est toi.

Ce fragment trouble infiniment René. Il tient entre ses mains la preuve que Maximilien a existé, qu'il n'est pas un fantasme né du cerveau défaillant d'une vieille femme. Mais il y a une autre raison, plus obscure, plus lointaine. Quand il regarde le dessin, il entend une musique cristalline résonner au fond de lui. Au lieu de remettre le bout de papier dans le carton à dessin, il le replie et le range discrètement dans son portefeuille. Il ne le vole pas, cette image lui appartient. Ce visage, ce profil très fin de jeune homme et cette main ouverte, il les connaît. Ils habitent un tiroir secret de sa mémoire, depuis toujours, avec le sentiment d'une faute irréparable.

VI

LA PETITE SIRÈNE

René rêve que sa mère lui caresse le visage. Il ouvre les yeux. Ce n'est pas Jeanne, c'est Madeleine qui se tient près de son lit, la main posée sur sa joue. Elle est en chemise de nuit, pieds nus, avec son petit sac à bandoulière. C'est la première fois qu'il voit son chignon défait. La tresse qui passe devant son épaule lui descend jusqu'aux cuisses, plus bas qu'il ne pensait. Elle s'agite, lui parle, mais il ne comprend rien tant qu'il n'a pas mis son appareil. Elle veut qu'il vienne dire à sa voisine d'arrêter son disque, c'est insupportable, des heures qu'elle écoute des cantiques de soldats allemands. Je ne les entends pas, Madeleine. Tu dois être sourd.

Elle est toute tremblante, il se lève et la prend contre lui. C'est la première fois, depuis le jour de leur rencontre, qu'ils se tiennent ainsi. Deux semaines se sont écoulées. Dans l'instant se renoue leur étreinte improvisée dans le jardin, sous la pluie. La même évidence, mais cette fois, ils sont plus proches encore. À travers le tissu mince de leurs vêtements de nuit, il sent les contours de son corps frêle et pourtant vigoureux, la chaleur de sa peau. Il voudrait la défendre, la mettre à l'abri du danger comme elle l'a protégé de la pluie l'autre jour. Il ne sait pas comment s'y prendre.

Ils se couchent l'un contre l'autre dans le lit étroit. René passe la main sur ses cheveux qui sentent la mûre, sur sa nuque, à la naissance du cou il sent son pouls précipité. Comment se fait-il que la peau, avec l'âge, redevienne si fine et si tendre ? Sous les lèvres, les paupières de Madeleine ressemblent à des pétales froissés. Sous la paume, son sein n'est pas plus gros qu'un poussin à peine éclos. N'aie pas peur, mon amour, il n'y a plus de soldats, la guerre est finie depuis longtemps.

Alors elle raconte l'auberge pleine d'Allemands, qui occupaient toutes les chambres de l'étage, l'obligeant à coucher sur un petit lit en bas, à côté de Pépé et Mémé. La salle à manger aussi, avec de grandes cartes étalées sur les tables, *raus, raus*. Et la cuisine, et le cellier, *verboten* le cellier, avec leurs saucissons, Mémé disait c'est des barbares, regarde donc, ils *y mangent* sans pain. Leur lieutenant parlait un peu français, il montrait parfois des photos de sa fille, en disant elle a le même âge que toi.

Mais Mado se méfiait. Elle avait entendu ce que les autres répétaient dans la cour de l'école, les massacres, les sévices. Les grandes personnes se donnaient un mal fou pour maintenir les enfants à l'écart de la guerre, et eux, pour les rassurer, jouaient les innocents. Pendant ce temps, leurs oreilles butinaient la moindre parcelle de violence et de cruauté et en faisaient un terrible miel, mêlant le plaisir du mal pour le mal, la mort lente et le rire du bourreau.

L'enfant savait qu'il ne fallait pas se fier aux Allemands. Pourtant, le soir, quand ils entonnaient un vieux chant dans la salle à manger, elle ne quittait pas le seuil de la cuisine. L'harmonie de leurs voix faisait vibrer en elle, au plus intime de son corps, la corde secrète, voluptueuse, qu'elle ne retrouverait que plus tard sous les caresses d'un homme. Elle se retenait au cadre de la porte comme Ulysse à son mât. Car si ces hommes étaient sortis en chantant, tous les petits enfants, elle la première, les auraient suivis jusqu'à la rivière pour s'enfoncer dans l'eau noire. Heureusement, la grand-mère envoyait Mado se coucher, et plus vite que ça, pour la sauver de la noyade.

Madeleine observe le visage endormi du vieux Max, écoute sa respiration paisible. C'est fou, songe-t-elle, ce que la vie peut vous changer. Le temps vous rabote, vous ponce et vous polit, jusqu'à vous user complètement. Il gomme les cicatrices, adoucit les caractères. Il efface les souvenirs. Tandis qu'elle contemple le sommeil de son vieil amoureux, tout s'éclaire. Elle comprend pourquoi il ne l'a pas reconnue, pourquoi il a oublié son propre nom, celui de leur village, pourquoi il pose tant de questions. Une blessure l'a rendu amnésique. Dix-neuf ans de sa vie ont été effacés, on l'a amputé de sa propre jeunesse. Elle prend ce pauvre infirme contre elle, comme son fils quand il s'était fait mal, là, là, ça va aller. L'étreinte le réveille et il la regarde, étonné. Tu aurais dû me dire, Max, j'aurais compris. Compris quoi ? Que tu as perdu la mémoire. Tu as tout oublié, mais moi, je me souviens. De nos promesses, de nos secrets. De tes bras qui me serraient un peu plus chaque été. Je vais tout te rappeler. Écoute-moi.

Madeleine pose son visage contre la joue de René et, lui murmurant à l'oreille, elle déverse en lui le baume et le poison de leur enfance au temps de la guerre. La nuit suivante, et celle d'après, elle retourne auprès de lui. Ça devient une habitude. Bribe par bribe, séquence après séquence, elle reconstruit pour lui l'histoire de Maximilien Prince. Elle évoque des détails de plus en plus précis, et René se réjouit que des régions de son cerveau soient encore solides et vivaces. L'instant où l'amour s'est emparé d'eux pour la première fois, à la fête de Jeanne d'Arc. Ils avaient huit ans. Cette autre fête, le bal des moissons, où elle l'a aperçu pour la dernière fois, à dix-neuf ans. Elle lui pardonne, maintenant, de l'avoir abandonnée sur la piste de danse. On ne peut pas en vouloir à un amnésique.

Ainsi, nuit après nuit, René apprend qui est Maximilien, celui qu'il doit devenir. Il tente d'apprivoiser la famille Prince, c'est difficile. Ces gens-là sont fiers, fuyants. Lui, l'éternel fils unique, le voilà pourvu de deux grands frères, de sept ans plus âgés. Leur mère, la Guite, abattait plus de travail qu'un homme. Elle louait ses bras aux champs ou au verger, rinçait les draps au lavoir, selon les saisons. Mais elle n'en faisait qu'à sa tête, refusait de nettoyer la *chogne*. Jamais elle ne franchissait la porte des maisons, elle posait le panier de linge sur le seuil et s'en allait. Avec leurs draps, les gens lui confiaient leur intimité, à qui l'aurait-elle racontée, elle ne parlait à personne. Elle gardait aussi, disait-on, de lourds secrets de femmes, car c'était, à ses heures, une faiseuse d'anges.

Arrivée au village bien avant la guerre avec ses trois garçons, elle s'était déclarée veuve. Cependant sur ses papiers, on lisait *Prince, Marguerite*, sans nom d'épouse, et trois enfants nés de père inconnu. À ses fils, un blond, un roux, un brun, elle racontait qu'ils avaient un seul père, qui s'était uni à elle dans la forêt, venu à son appel sous trois aspects différents. Ils avaient tous les mêmes yeux qu'elle, fendus en biais, avec des cils très noirs. Elle leur avait choisi des prénoms de rois ou d'empereurs, parce que c'était le seul luxe qu'elle pouvait leur offrir. Elle leur avait appris à se faire respecter, à s'endurcir comme le fer de leur forge, à ne pas s'attacher aux filles, à se méfier de tous, tout le temps.

Les aînés étaient de faux jumeaux, aussi différents d'aspect que de caractère. Léopold était fougueux, Théodore, tranquille. Ils braconnaient, ramassaient des métaux sur les décharges, en volaient aussi sans doute, et pour qu'on ne reconnaisse rien, les transformaient dans une forge accolée à leur maison. Ils avaient commencé très tôt à courir les filles, au village on disait qu'ils avaient ça dans le sang. Car leur mère, toute maigre qu'elle était, attirait les hommes comme un aimant la limaille.

Un soir, à une heure où elle était censée dormir, Mado a entendu ses grands-parents chuchoter dans la chambre. Mémé racontait qu'à la brune, on voyait parfois la Guite retourner au lavoir, portant dans son panier, au lieu du linge, une vieille couverture, pour ne pas sentir le froid des dalles sous son dos. Des silhouettes se faufilaient dans l'ombre, parfois plusieurs dans la même soirée. Pépé a demandé ce qu'elle faisait de l'argent gagné, la famille vivait en guenilles. Peut-être qu'elle le fait pour rien, a chuchoté Mémé. Il n'a pas répondu.

Leur maison était tout au bout du village, près du lavoir, où le ruisseau faisait un coude avant de se jeter dans la rivière. C'était une grange sans fenêtres dont les vaches n'auraient pas voulu pour *écurie*. Personne, d'ailleurs, n'y était jamais entré. La cour était encombrée de ferrailles rouillées, herses, grillages, ressorts de sommiers, plus infranchissables qu'une ligne de barbelés. Une seule fois, un jour où sa mère et ses frères étaient ailleurs, Max y avait amené Mado. Il lui avait révélé le secret pour franchir l'amas de ferraille, en passant par la carcasse rouillée d'une auto. De l'autre côté, dans la cour noire, sinistre, la forge mal éteinte ressemblait au four d'une sorcière.

La pièce n'était éclairée que par la porte vitrée. Sur le sol de terre creusé de flaques, des planches disposées en étoile servaient à se déplacer quand la rivière était en crue. Max, aussi agile qu'un funambule, a montré à Mado comment marcher dessus. Elle trouvait le mobilier charmant, une bobine de câble électrique servait de table, entourée de quatre sièges d'auto défoncés. Elle cherchait une porte menant vers une autre pièce, mais il n'y en avait pas. Tu dors où, toi ? Il a montré l'unique lit en fer, avec une couverture de peaux cousues ensemble, du lapin, ou du loup peut-être. Et tes frères, et ta mère ? Pareil. Elle les a imaginés couchés là tous les quatre, serrés les uns contre les autres comme au fond d'une tanière.

Maintenant, a dit Max, ferme les yeux. Elle a entendu le bruit de ses pieds nus sur les planches, le frottement d'une allumette, a senti une odeur de cire. Elle est restée longtemps avant d'avoir le droit de regarder. Un immense lustre, qu'elle n'avait pas remarqué dans la pénombre, bien qu'il fût large et haut comme la moitié de la pièce, brillait de tous ses feux. Ses branches portaient des douzaines de pendeloques de cristal, la lumière des bougies éclatait sur les pampilles et se diffractait en les traversant, projetant sur les murs une infinité d'auréoles mouvantes et irisées. C'était un cadeau fait à son frère Théo par un châtelain à qui il avait rendu un immense service, le genre de service qu'on ne raconte pas.

Alors, Max, debout sur la table, a effleuré l'une des branches, et les cristaux se sont mis à tinter. Dans les flaques scintillait un deuxième lustre, inversé et mouvant, encore plus merveilleux que le premier. Je me suis crue dans le palais du fiancé de la petite Sirène. Ce jour-là, j'ai compris pourquoi vous vous appeliez les Prince.

Suspendu aux paroles de Madeleine, René guette le moment où elle prononcera le nom de leur village, mais il ne vient jamais. Il y en a tant près du Doubs, comment savoir ? Il ne devait pas être grand, car l'école n'avait qu'une classe pour les filles et les garçons. Quand Max y allait, il refusait de répondre aux questions de la maîtresse sur les plantes ou les bêtes des bois. Il savait, pourtant. Il savait qu'on peut manger les faines du hêtre, que certaines baies guérissent et que d'autres rendent malade, et que chez les loups, seuls les chefs ont le droit d'avoir des petits. Il savait rester immobile pour qu'un oiseau s'endorme dans sa main, la tête blottie sous une aile. Seulement, ça ne regardait pas les autres.

Quand il n'était pas à l'école, Mado savait où le trouver, et dès que la classe était finie, elle filait vers les bois. À son retour, la grand-mère retirait des feuilles prises dans ses boucles, regarde donc tes jambes, tu t'es encore toute *labourée*. C'est sur la route du bourg, mémé, il y avait des ronces. Des ronces sur la route, tu te fiches du monde ? Heureusement, les Allemands soupaient tôt, Mémé n'avait pas le temps de poser de questions. Le jeudi était le plus beau jour. La vieille Irma, qui faisait le catéchisme, comptait et recomptait les enfants. Pendant ce temps-là, perchés sur leur grand hêtre, une fille et un garçon célébraient la joie d'être hors du monde.

Max ne venait à l'école presque que le samedi. Ce jour-là, la moiselle demandait aux élèves ce qu'ils avaient vu de plus étonnant dans la semaine. Les grands rédigeaient, les petits dessinaient et elle ajoutait le titre à l'encre rouge. Elle le faisait encore pour Max, même s'il avait passé l'âge, car il venait si rarement en classe qu'il ne savait toujours pas écrire. Mais ses dessins étaient superbes, bien plus beaux que ceux de Mado. La maîtresse contemplait son hanneton aux ailes irisées, son nid de rouge-gorge aux œufs d'un bleu délicat. À ces mots, René repense à la feuille déchirée trouvée dans le carton de Madeleine, avec la tête et le bras d'un ange. C'était peut-être une page du cahier de Max.

La vieille femme raconte même des choses qu'elle n'a pas pu voir, comme la fois où la maîtresse est venue chercher Max chez lui, quand il a atteint six ans. Comme il avait manqué la rentrée, elle est descendue un soir vers la maison des Prince. Derrière le rempart de ferraille, elle a vu, dans leur forge, les deux aînés marteler du métal rougi, et le cadet courir après les étincelles. Elle a eu beau appeler, agiter les bras, sauter comme une biche, aucun des trois n'a tourné la tête. Or le lendemain matin, elle a trouvé Max assis sur le perron de la classe. La maîtresse, aperçue à travers les flammèches, l'avait charmé.

Tout le monde l'appelait *la moiselle*, peut-être à cause de son élégance ou de sa jeunesse, même si de près on remarquait une multitude de petites rides autour de ses yeux et de sa bouche. Elle balayait les visages de la classe d'un air vaguement indifférent, ou bien, prise d'une sorte de fureur, elle donnait aux enfants un nombre inouï de lignes qu'ils ne faisaient jamais, sachant qu'elle aurait tout oublié le lendemain. Pendant la leçon de géographie, une autre folie s'emparait d'elle. Elle marchait à grands pas entre les tables, virevoltait, agitait les mains, sa voix descendait dans les graves ou s'envolait vers les aigus. Ses rides disparaissaient. Il fallait poser les porte-plume, n'écrivez pas, surtout pas.

Elle avait sûrement voyagé partout pour savoir tant de choses, que les Eskimos ont des dizaines de mots pour dire neige, qu'en Inde il faut escalader des falaises pour récolter du miel, que chez les Dogons, un vieil aveugle connaît de quoi remplir une bibliothèque. En rentrant chez eux, les enfants n'en parlaient jamais à leurs parents. Tous les garçons étaient amoureux d'elle, et les filles aussi. Les soirs, avant de s'endormir, Mado l'imaginait assise à son chevet, redisant pour elle seule l'histoire de la petite Rosalia de Sicile, qui depuis des années dormait dans son cercueil, un grand ruban de soie noué dans ses cheveux.

De l'école, Madeleine retiendrait seulement ces morceaux de monde qui entraient dans la classe mal chauffée. Les écoliers ne connaissaient que leur bout de campagne, les bords herbeux de leur rivière, ils n'imaginaient rien au-delà de la bourgade voisine, et la moiselle leur révélait les volcans et les icebergs, les steppes et les savanes, les citadelles et les déserts. Ils l'auraient suivie tout autour de la terre.

Seulement, il y a eu une leçon de trop. C'était au cours d'un de ces hivers terribles du début de la guerre. La neige cognait aux carreaux de la classe. Les enfants avaient gardé leurs manteaux et leurs bonnets, la maîtresse les avait fait approcher du poêle pour se réchauffer. Ce jour-là, elle leur a parlé d'un pays lointain où il ne tombe jamais de neige, où coule le Mékong, que les Annamites appellent le fleuve des neuf dragons. Là-bas, une certaine nuit d'octobre, à la saison des pluies, surgissent de ses eaux des boules de lumière, si belles que ceux qui les voient restent toute leur vie prisonniers de ces rivages. Max était en classe, assis loin du poêle parce qu'il ne craignait pas le froid. Ses yeux brillaient, fixés sur les lèvres de la maîtresse, d'où il voyait les mots sortir comme des bulles de feu. La moiselle est sans doute morte depuis longtemps, mais Madeleine ne lui a jamais pardonné d'avoir emporté son amoureux ce jour-là.

Et puisqu'elle doit décidément tout rappeler à son pauvre amnésique, elle lui raconte son Indochine. Une Indochine qu'elle invente. Elle aurait pu y aller, et quelque chose l'a toujours retenue. La peur de le croiser et qu'il ne la reconnaisse pas. De le découvrir aux côtés d'une autre. De le voir heureux. Alors elle lui décrit le pays d'après des livres ou des films, des photos vues dans des magazines. Tantôt une campagne magnifique et terrible, avec ses rizières en terrasses et ses fleuves indomptables. Tantôt Saigon, ses bordels pour soldats et son ambiance de fin du monde. Elle l'a vu allongé dans une fumerie d'opium. Dans un dancing colonial, ivre de fatigue et d'alcool, enlaçant une autre femme, jusqu'à l'aube. Ces visions étaient pour elle plus terribles que la guerre.

Elle ne voulait pas croire à sa mort. Il était bien vivant sur ces rivages lointains, quelque part du côté du Mékong. Avec des détails étonnamment précis, elle raconte à René son retour à la vie. Blessé et inconscient, on l'a laissé pour mort parmi les morts, enterré à la hâte dans une fosse commune. Il se réveille, puise dans ses ultimes forces pour s'extirper de sa tombe. Il erre sur un sentier, couvert de terre, ensanglanté, sans plus savoir où il est ni qui il est. S'il croise quelqu'un, on le prendra pour un fantôme. Pourtant, une jeune paysanne aux poignets fins le recueille chez elle, dans une cabane sur pilotis. Elle le lave, panse sa plaie, elle connaît les herbes qui soignent et il guérit. Comme elle est un peu sorcière, elle lui fait aussi boire une potion d'oubli, parce qu'elle veut le garder pour toujours. Pendant de longues années, tu restes auprès d'elle. Sous un large chapeau de paille, avec ta peau brune et tes yeux noirs, tu te fonds parmi les autres. Quand tu es courbé à travailler dans la rizière, personne ne remarque que tu es plus grand. Tu vieillis auprès de cette femme.

Vous avez des enfants, de beaux enfants métis aux poignets fins et aux yeux de loup.

Un matin, Dieu sait pourquoi, elle oublie de verser la drogue dans son *phô*. Alors, il s'éveille de son long sommeil. D'autres images lui reviennent, comme des boules de feu surgies des profondeurs d'un fleuve. Il se souvient de son autre vie, de son autre amour. Des yeux couleur d'aigue-marine, dont l'un portait une tache en forme d'île. Il décide de repartir. Sur un grand bateau, il retraverse les océans, jusqu'à son pays natal. Il arrive dans un jardin. C'est la Saint-Jean et pourtant il pleut. Sa fiancée est là, qui l'attend, depuis près de soixante ans.

De tous les récits de Madeleine, celui que René préfère est aussi le plus douloureux pour lui. Il le lui fait répéter jusqu'à en avoir mal au cœur. Aux vacances de l'été 45, elle est revenue au village, et pour échapper à la canicule, elle et Max ont pris l'habitude d'aller se baigner.

L'étang est entouré de bois, à l'abri des regards. Ils sont nus, allongés côte à côte, leur peau mouillée brille au soleil. Chaque fois qu'il se déshabille, elle s'étonne de la blancheur de son corps, depuis la nuque jusqu'en haut des cuisses. La tête, les bras, les jambes, au contraire, sont très sombres, détachés du tronc par une ligne nette. Ils ont douze ans. Ce sont presque des enfants encore, elle a le buste plat, les hanches étroites, à peine un léger duvet au bas du ventre. Il est encore glabre, et son sexe recroquevillé par l'eau froide disparaît presque dans une touffe de poils bruns. Elle dit je pourrais être ta jumelle. Il secoue la tête, on se ressemble pas. Tes frères non plus, n'empêche, c'est des vrais jumeaux. Non, c'est des faux, justement. Ma mère a su tout de suite qu'elle en attendait deux et qu'ils étaient différents. À gauche, des coups de pieds, ce serait Léopold, à droite, des caresses, Théodore.

Il fait si chaud qu'avant même d'être secs, ils retournent à l'eau. Mado plonge pour ne plus être éclaboussée. Inquiet de ne pas la voir reparaître assez vite, il balaie des yeux la surface verte et opaque. Elle a pris des cours de natation à Paris pendant l'année, avec un harnais accroché au bout d'une perche. Couchée sur la berge, elle a montré à Max les mouvements et il les a parfaitement reproduits, mais dès qu'il est dans l'eau, il n'y arrive plus. Elle a beau le soutenir sous le ventre, il coule comme si ses os étaient en plomb. Lui si agile pour sauter, courir, grimper aux arbres, travailler à la forge, dans l'étang, il est perdu.

René se fabrique mentalement un paysage miniature. Il dispose les arbres du bois, l'étang dans la clairière, deux figurines d'enfants nus près du bord. Puis il place un troisième personnage, un garçon qui les espionne, caché derrière un buisson. Le voyeur, c'est lui, incapable de détourner les yeux de ce qui le torture. Il se rêve à la place du petit sauvage, son rival, son jumeau. Ce n'est pas la fille seule qui l'émeut, c'est ce couple d'enfants. Jamais il ne parviendra à se glisser entre eux. Ils excluent le reste du monde.

Madeleine a parlé d'un orage qui les avait surpris. Il imagine les figurines nues fuyant, séparées par le tonnerre. Non, dit-elle, tu te trompes. On est restés embrassés sous la foudre, immobiles, soudés. Et en racontant, elle se serre contre le vieil homme.

Toute la journée, maintenant, René pense à Max. La scène de l'étang, surtout, l'attire, peut-être parce que lui non plus ne sait pas nager. Il lui ressemble comme un frère, cet adolescent aux jambes minces qui s'enfonce dans l'eau, ce soldat Prince qu'on a laissé pour mort. Lui aussi, une fois, on l'a cru perdu. De l'eau glacée d'un étang remonte un souvenir englouti depuis de longues années.

Il avait quatorze ans. Il était allongé sur un lit d'hôpital, attaché à un tuyau qui distillait la vie dans ses veines, goutte à goutte. Il ne pouvait ni parler, ni bouger, ni même ouvrir les yeux, et pourtant il comprenait tout. À sa gauche, sa mère n'arrêtait pas de se moucher, à droite, son père se raclait la gorge. Pour qu'ils aient tous les deux abandonné la barrière du passage à niveau, il fallait que leur fils soit en danger de mort. Il aurait voulu leur faire signe, leur dire qu'il était vivant, mais aucun son ne sortait de sa bouche. Il était encore prisonnier des eaux, attiré vers le fond, irrésistiblement.

Il a entendu la voix du médecin, ça fait trois jours et trois nuits, il n'y a plus guère d'espoir. Il a demandé à ses parents s'ils avaient d'autres enfants, et le père a répondu non, docteur, on n'avait rien que lui. *On n'avait*, au passé, comme s'il était déjà mort. À cet instant, René aurait pu renoncer à remonter vers la surface de l'eau. Mais il y avait ces trois mots, *rien que lui*. Si leur fils mourait, Jeanne et Eugène n'auraient donc plus rien. Il avait toujours cru que ses parents se suffisaient l'un à l'autre. Il s'était trompé.

Soudain, il s'est rappelé *l'eau-de-vie*. Il avait tout oublié, sauf qu'il avait bu. Il s'était noyé dans *l'eau-de-vie*, il ne pouvait pas mourir. C'est alors qu'il a levé les yeux vers la surface de l'eau et, lentement, il a commencé à remonter vers la lumière.

Sa mère l'a appelé. Il avait dû bouger, ils avaient remarqué quelque chose. Ils ont répété son nom, René, René, pour le tirer plus vite du fond de l'eau. Mon fils. Jeanne l'a pris contre elle, comme quand il était tout petit. Il sentait sur sa tête la grosse main d'Eugène. Il a enfin ouvert les yeux. Il n'a aperçu qu'un halo blanc au pied du lit, puis reconnu une blouse d'hôpital. C'était le médecin, un tout jeune médecin, qui laissait couler ses larmes sans les essuyer sur son visage encore presque enfantin. Ensuite seulement, il a distingué ses parents. Vieillis, décoiffés, amaigris. La barbe du père avait poussé. Pendant trois jours et trois nuits, ils n'avaient pas bougé. Ils étaient restés là, assis de part et d'autre de son lit, veillant à tour de rôle, gardant fidèlement la barrière, pour que la mort passe son chemin.

VII

LES FIANCÉS

Mado pensait que la Mane serait toujours là, avec ses grands gestes de muette. Souvent, la bonne l'emmenait à l'église, juste en face de l'auberge, il fallait faire attention en traversant la nationale. La Mane tenait bien fort la main de Mado, on n'aurait pas su dire laquelle protégeait l'autre. Si une voiture approchait, elles couraient, et l'enfant, sur ses petites jambes, croyait voler.

L'église n'était jamais tout à fait vide. Sainte Philomène dormait, immobile dans sa châsse de verre, les mains jointes, entourée de fleurs. La géante et l'enfant, à genoux devant sa niche, la contemplaient. La grande question était de savoir si c'était une vraie relique ou un mannequin de cire. Avec sa robe de dentelle et ses cheveux morts, elle ressemblait à une vieille poupée grandeur nature, qu'il aurait été amusant de déshabiller. Sa peau pâle, vaguement jaune, avait pris la couleur des cierges. Pourtant, chaque fois que Mado l'interrogeait, la Mane faisait non de la tête, pour elle, ça ne faisait aucun doute. L'enfant pensait à Rosalia, la petite morte embaumée de Sicile, dont la maîtresse avait parlé. Elle aussi avait l'air de dormir pour toujours. Ce qui était vrai là-bas pouvait l'être ici. Par quelque mystérieuse propriété chimique, leur innocence devait aider à leur conservation. Mado se demandait si toutes les filles étaient dans ce cas. Si elle-même mourait tout à l'heure, en retraversant la route par exemple, est-ce qu'elle resterait intacte, elle aussi, pour l'éternité ?

Le curé avait confié à la Mane la clé de la châsse pour qu'elle enlève la poussière et renouvelle les fleurs sèches. Mais il la lui avait reprise le jour où, en nettoyant sainte Philomène, elle lui avait détaché la main. Elle n'avait pas mesuré sa force. Depuis, elle n'en finissait pas d'implorer le pardon de la bienheureuse. Elle se prosternait devant elle et de sa bouche sortait un gémissement sourd, presque inaudible, qui était sa prière. On disait que la sainte faisait des miracles, et en effet sa main avait retrouvé sa place, comme si rien ne s'était passé. Mado regrettait de ne pas avoir été là le jour de l'incident, pour voir si le sang avait coulé du poignet sectionné.

Elle croyait que la Mane resterait pour toujours dans l'auberge, parce qu'elle y avait toujours été. Mais un jour de janvier, elle disparut aussi mystérieusement qu'elle était apparue, parce que décidément c'était son mois, à cette Marianne Janvier qu'on avait trouvée nouveau-née dans la neige, sur les marches d'une église.

Ce fut un jour bizarre que celui de son départ. Il faisait un temps presque printanier. Après trois hivers cruels, celui de 43-44 fut étonnamment doux, peut-être pour annoncer la fin encore lointaine de la guerre. En s'habillant, ce matin-là, Mado a senti sous son mamelon gauche une petite boule, qui roulait sous ses doigts comme une baie de belladone. Les Allemands couraient au-dessus d'elle dans le couloir de l'étage, heurtant le carrelage de leurs bottes ferrées. Bientôt, on a entendu démarrer leurs motos et leur camion.

La bonne est seule dans la cuisine. En voyant entrer Mado, elle met le lait à chauffer. Viens voir, Mane, j'ai quelque chose, là, tu vas le sentir. L'enfant guide les grands doigts rudes sous ses vêtements, vers la petite baie. La Mane ouvre la bouche. Elle ôte son tablier, s'assoit, prend sur ses genoux la fillette, qui a l'impression d'être redevenue minuscule. Lentement, la femme déboutonne son corsage puis sa chemise, écarte le tissu, découvrant un sein de géante, rond et lourd. Mado regarde, fascinée, puis y pose sa joue. C'est doux. Elle ferme les yeux, et toutes deux restent ainsi, immobiles, dans le temps arrêté. Le sifflement du lait qui déborde ne les interrompt pas. La Mane pose sa paume sur le buste plat de l'enfant, et dans un grand effort, prononce le mot *femme*. Elle se lève, verse ce qui reste du lait dans un bol et le pose sur la table. Et tandis que Mado, songeuse, y trempe les lèvres, la bonne se reboutonne lentement.

Le même jour, à la fin de l'après-midi, après le retour de la petite et avant celui des Allemands, une odeur a intrigué la grand-mère. Ça venait de la cuisinière. Elle a d'abord pensé au lait noirci sur la plaque de fonte, mais ce n'était pas ça. Elle s'est mise à préparer le repas, s'étonnant que la bonne ne soit pas là, dis voir, Mado, tu saurais pas où est la Mane, va donc regarder là-haut. Même quand les Allemands étaient sortis, l'enfant n'aimait pas monter à l'étage. Elle s'est un peu attardée dans le couloir pour faire croire qu'elle avait vraiment cherché, puis est redescendue.

Mémé ne l'a pas entendue revenir dans la cuisine. Accroupie devant la porte du fourneau, elle vidait les cendres dans un seau, qu'est-ce que c'est que ça ? Elle a dégagé une galette informe de matière fondue, on aurait dit un pain qui n'avait pas levé. Des coulures beiges et brunes s'y mélangeaient. Prises dans cet amas, quatre perles de verre, deux bleues et deux marron. Des yeux de poupées.

La Mane n'a pas reparu, ni le lendemain, ni jamais. Certains ont pensé que c'étaient les Allemands, on disait bien que chez eux, ils tuaient les idiots et les fous. L'enfant n'y a pas cru. Elle était trop forte, elle se serait défendue. Non, elle était partie, c'est tout. Madeleine imaginait la grande femme marchant dans un paysage tout blanc, son fichu sur la tête, au bord d'un sentier, et sa silhouette s'effaçant peu à peu derrière les flocons tourbillonnants. Même s'il ne neigeait pas ce jour-là. Puis lui revenait cette manie qu'avait la bonne, ces derniers temps, de rapprocher le berceau de la cuisinière, en faisant signe que les poupées avaient froid. Et aussi la façon dont le lieutenant regardait les deux baigneurs enlacés, sa main ornée d'un anneau d'or, tremblant un peu, tendue vers eux sans qu'on puisse savoir s'il voulait les caresser, les détruire ou les emporter pour sa fille. Va savoir, après tout, ce qui s'est vraiment passé.

C'est cette nuit-là, à force de se frotter les paupières, qu'est apparue la tache dans l'œil de Mado. Une tache brune comme les yeux de Jacky, dans ses iris bleus comme ceux de Jeanne d'Arc. Elle pleurait ses poupées, elle pleurait la Mane et la douceur ineffable de son sein de géante, elle pleurait son enfance et son corps asexué. Elle était encore loin d'être une femme, elle ignorait ce qu'elle aurait à y gagner, mais elle savait déjà ce qu'elle avait perdu.

René enroule autour de son doigt une mèche de Madeleine. Il est trop tard pour la consoler de ce grand chagrin du passé. Il aurait voulu traverser cette nuit-là avec elle, il aurait embrassé ses paupières pour arrêter ses larmes. Car à cet instant, c'est à elle qu'il ressemble, pas à Max. Les trois derniers mois de l'occupation, ses parents l'ont envoyé, lui aussi, vivre chez sa grand-mère, au bourg, par crainte des sabotages sur les rails. Eux-mêmes devaient rester pour garder la barrière. S'il avait parlé de sa peine, les gens auraient ri, il était à trois kilomètres de chez lui, sa mère venait le voir tous les jours. Et pourtant, il se sentait abandonné.

Une nuit, pendant son absence, une bombe larguée sur le pont de chemin de fer a raté sa cible. Elle est tombée si près de la maison que toutes les fenêtres ont été soufflées, et que la vitre de sa chambre est tombée sur son lit, où il n'était pas. Sa mère est venue le lui raconter, mon Dieu, mon poussin, est-ce que tu t'imagines ?

Lui, il imaginait une autre scène. Il rentrait chez lui et, au détour de la route, découvrait une ruine. Seul un pan de mur restait debout, avec le signal et la casquette pendus à leur crochet. Sous les décombres, Jeanne et Eugène gisaient, étroitement enlacés, des flocons d'édredon voletant au-dessus d'eux et des débris de l'accordéon, dont le vent tirait une plainte funèbre.

Ils passent ainsi plusieurs nuit embrassés, René posant des questions, et Madeleine y répondant. En lui se déverse lentement l'histoire de Maximilien. Quand elle en vient au temps de leurs fiançailles, elle le serre encore plus fort. En même temps qu'elle parle, il sent la main de Madeleine qui cherche les boutons de son pyjama. Elle se promène sur son torse. C'est moins une caresse qu'une exploration, la reconnaissance d'une île où on s'est échoué. Elle longe le pourtour de ses côtes, s'enfonce sous son aisselle, suit son omoplate et descend le chemin de ses vertèbres. Il frissonne, sans bien savoir si c'est de plaisir ou d'inquiétude.

Sous ses mains, à chaque caresse, René se métamorphose. Elle le tue et lui rend la vie. Il devient Max. Il a eu tort de penser qu'il n'avait rien de commun avec le garçon aux yeux de loup. D'un côté le soldat farouche, de l'autre, le marchand de jouets, que tout devait opposer. Ils sont la paume et le dos de la même main, les deux moitiés d'une pêche de vigne. Leur amour commun, Madeleine est le noyau au cœur du fruit.

C'est encore pendant l'été 45, celui de la canicule et des baignades, qu'ils ont quitté les rives de l'enfance.

Des jeux tâtonnants des premières années, ils en sont venus à ce que Madeleine appelle leurs fiançailles. Un jour, en sortant de l'eau, ils ont lié leurs poignets d'un jonc formant un double anneau en huit. Sans un mot, ils se sont promis l'un à l'autre.

Au grenier de l'auberge, le soleil tapait sur les tuiles. Il était presque vide et sa haute charpente ressemblait à la nef d'une église. Mado y avait trouvé pour Max le costume de noces de son grand-père. Elle avait remis sa robe de communiante, maintenant un peu trop courte. Il restait un grand morceau de la toile blanche dans laquelle Mémé l'avait coupée, de la soie récupérée d'un parachute. Elle s'en est fait une traîne. C'est drôle, pense René, ma grand-mère m'avait cousu, pour ma communion solennelle, un brassard du même tissu.

Ils se sont pris par le bras et, solennellement, ils ont marché jusqu'à un miroir empoussiéré qui leur donnait l'air d'une vieille photo. Ils ont prononcé sans sourire les formules consacrées, voulez-vous prendre pour épouse, pour époux. Oui, je le veux. Mado a offert à Max sa traîne, la grande pièce de soie, il l'a frottée contre son visage, c'était doux. Prudemment, car leurs vêtements de noces les gênaient, ils sont descendus par l'échelle extérieure et ont couru vers le bois.

Il y avait, près du grand hêtre, une sorte de ressui, bien caché entre les arbres. Ils se sont embrassés, caressés comme ils l'avaient fait souvent. Mais Max voulait aller plus loin, laisse-moi essayer, il disait ça drôlement, laisse-moi mettre mon lapin dans ton terrier. Elle a éclaté de rire. Mado, je t'en supplie, Théo me traite de puceau, il dit qu'à mon âge il *y* avait déjà fait, et que Léo aussi. Il lui a fait une promesse. Si elle acceptait, quand elle serait à Paris, il s'envelopperait toutes les nuits dans sa toile de parachute, comme dans un cocon. Quand tu reviendras, l'été prochain, je me serai métamorphosé.

Elle a accepté, sans trop comprendre. Elle était curieuse de voir sa transformation, curieuse de découvrir l'amour aussi. De cette première fois, elle ne se rappellerait que la goutte écarlate tombée sur une feuille morte, et deux enfants penchés au-dessus, aussi émerveillés que par l'éclat d'une baie de viorne ou d'aubépine.

Max a tenu sa promesse, toutes les nuits il s'est enveloppé dans son cocon de soie, mais la chrysalide ne s'est pas transformée en papillon. Quand Mado est revenue, l'été suivant, il n'était plus son petit sauvageon. Le duvet brun sur sa lèvre, sa voix changée, le grain moins tendre de sa peau et l'odeur âcre de ses aisselles, ce n'était rien. Au-dedans, surtout, l'enfance l'avait quitté. Il n'admirait plus la couleur des baies, le dessin d'une toile d'araignée, il ne se couchait plus, main tendue, attendant qu'un oiseau s'y pose.

Les deux adolescents sont retournés sur le grand hêtre et sont restés assis quelques minutes sur leur branche, épaule contre épaule. Elle cherchait l'endroit de son cou où sa peau changeait de couleur et il se laissait faire. Il parlait de sa mère, qui avait fait agrandir et encadrer la photo de Léopold pour l'accrocher au-dessus du lit, comme d'autres suspendent un crucifix, et la nuit, au lieu de dormir, elle le regardait en remuant les lèvres. Ses deux autres fils avaient beau se serrer contre elle, ça ne suffisait pas à la consoler.

Tout d'un coup, sans prévenir, Max a sauté dans le vide et Mado s'est cramponnée à la branche pour ne pas tomber. Tu as vu ça, trois mètres cinquante. Tu es fou. Il lui avait bien dit, en la retrouvant, tandis qu'elle passait des doigts étonnés sur ses cheveux ras, que dès qu'il aurait l'âge, il s'engagerait dans les paras. Il se battrait, comme son frère, il deviendrait un héros. C'est des conneries, Max, la guerre est finie, qu'est-ce que tu feras, occuper l'Allemagne ? D'ici que je sois conscrit, il y en aura bien une nouvelle quelque part, peut-être dans les colonies. Je partirai.

Elle a compris que pour garder son amour, pour rester auprès de lui, cet été-là et les étés suivants, il lui faudrait jouer à un autre jeu, qui lui répugnait. Le petit bois de leur idylle est devenu un terrain d'entraînement. Elle comptait ses pompes, chronométrait sa course, balançait une bouteille pendue à la branche d'un arbre pour qu'il apprenne à viser. Au début, elle se prêtait à ce rôle pour rester auprès de lui, puis elle y a pris goût. Elle devenait dure, sans indulgence, tu veux être un héros ou pas ? Exténué, effondré sur le sol, il ressemblait à un soldat tué. Elle s'allongeait contre lui et se rassurait en flairant son odeur, qui était celle d'un vivant. Il lui semblait parfois qu'au lieu de lui apprendre à survivre, elle l'entraînait à mourir. Et l'idée que Max partirait un jour au bout du monde, qui lui avait d'abord paru si absurde, lui est devenue, avec le temps, presque naturelle. Madeleine pose ses mains sur les joues du vieil homme. Pardon, mon amour, tout était ma faute, c'est moi qui t'avais offert cette soie de parachute.

De temps en temps, entre deux entraînements, Mado embrassait Max et lui rappelait la cérémonie dans le grenier. Il haussait les épaules, on était gamins, c'était juste un jeu. Elle, elle y croyait encore. Durant l'année, à Paris, elle ne regardait pas les garçons.

À dix-huit ans, il s'est engagé dans les paras, et on l'a envoyé à Saint-Brieuc, sa garnison. Un jour, sans l'avertir, elle a pris le train pour aller le voir. En approchant du camp, elle l'a aperçu parmi un groupe de jeunes en uniforme qui fumaient, appuyés au mur de la caserne. Il l'avait vue, mais il lui a tourné le dos et lui a fait un signe discret, va-t'en, tu n'as rien à faire ici. Alors les soldats sont devenus flous, elle n'a plus vu que le grillage. La clôture était une frontière, le camp un autre monde, aussi lointain que les guerres des colonies. Ces garçons riaient en allumant leur cigarette à celle d'un camarade, ignorant que la mort se tenait parmi eux. Dans le train qui la ramenait vers Montparnasse, elle a compris qu'il était déjà parti.

René en veut à Max de ne pas avoir été à la hauteur de cet amour. À sa place, il aurait été fidèle à son serment, il aurait fait un meilleur fiancé. À sa place, mais j'y suis, à présent. Il sourit, regarde-moi, Mado, je suis vivant et je suis revenu.

Sœur Célestine a guéri de sa fièvre, mais la fatigue la ralentit encore. On dirait qu'elle a désappris, pendant sa maladie, à marcher vite et droit comme les sœurs blanches du pensionnat. D'un jour à l'autre, elle attend la nouvelle de l'accouchement d'Angélique, qui ne devrait plus tarder. Elle garde son portable dans sa poche, même la nuit.

Quand elle passe dire bonsoir à René, il se confie à elle, une nouvelle fois. Il pensait raviver avec ses souvenirs la mémoire défaillante de la vieille femme, il se produit l'inverse. C'est elle qui le nourrit de sa propre enfance. L'histoire de ce Max se mêle à la sienne et sème le désordre dans son passé. Avant il tournait en rond, comme l'autorail rouge et crème de son petit réseau. En le faisant sortir de ses rails, Madeleine lui a fait redécouvrir des paysages oubliés, retrouver des moments perdus depuis longtemps.

Il lui arrive, maintenant, d'envier les vieux qui battent la campagne. Sous son crâne, ses tiroirs d'ivoire débordent. Ceux qui sont restés fermés pendant des années se sont ouverts sans prévenir et ont laissé échapper leur contenu. Sa mémoire est devenue un dédale de chemins de fer aux aiguillages incontrôlables, un labyrinthe d'allées enchevêtrées, un lac profond aux eaux dangereuses, hantées de tourbillons.

À ses propres souvenirs se mêlent ceux d'un autre. La maison au bord de l'eau, la beauté de la Guite, les étincelles de la forge où ses frères martelaient le fer, les secrets du sous-bois. Les rives du Mékong aussi, et le fracas des armes, la cruauté d'une guerre où c'est lui l'occupant. Il a peur d'être hanté par l'esprit d'un disparu, dont il n'est même pas sûr qu'il soit mort. Lui qui n'a jamais cru aux fantômes, qui s'en est toujours tenu à l'évidence des choses, il craint à présent de se perdre lui-même, avec tout ce qui lui appartenait, son enfance, ses rêves et la maison de garde-barrière.

Il n'en peut plus d'être Max pour elle. Mais s'il révèle maintenant à Madeleine qu'il n'est pas son amour d'enfance, quel cataclysme va-t-il déclencher ? Elle risque de s'en aller pour de bon, de l'abandonner. De cesser de l'aimer, surtout, et c'est ce qu'il redoute le plus. Au fond, s'il accepte cette douloureuse métamorphose, c'est pour qu'elle le garde entre ses bras, qu'elle ne relâche jamais son étreinte. Pourtant, le souvenir de sa première rencontre avec ce visage aux yeux asymétriques reste hors de sa portée. Si seulement quelqu'un pouvait lui en donner la clé.

Célestine essuie lentement ses lunettes et sourit. La sœur de Mme Balland viendra la voir ce samedi, et dimanche elle l'emmènera, ils iront pique-niquer en famille. Je vais leur demander si vous pouvez les accompagner. Vous plaisantez, ma sœur, je vous l'interdis. Elle remet ses lunettes et se lève, comme vous voudrez, dans ce cas, gardez vos questions pour vous, continuez de faire de beaux rêves, et que Dieu vous garde.

VIII

LE VAILLANT SOLDAT DE PLOMB

Ce deuxième dimanche de juillet est un jour splendide et la voiture roule toutes vitres ouvertes. Madeleine voulait conduire et ils ont eu du mal à la convaincre de s'installer à l'arrière avec sa petite-fille. Françoise, sa sœur, a pris le volant et René est à sa droite. Le fils et la belle-fille iront de leur côté, ils se retrouveront sur les bords de l'Ouche. Dans le rétroviseur extérieur, René contemple Madeleine qui ferme les yeux pour mieux sentir le vent la décoiffer.

Il ne saura jamais si Célestine a parlé de lui à Françoise. Il s'est arrangé, la veille, pour se trouver sur son passage à la Maison de l'Espérance. La ressemblance entre les sœurs était comme une invitation. Les cheveux courts de la cadette soulignaient ses pommettes larges et son menton étroit, elle avait le même regard, sans la tache brune. Il lui a semblé voir une Madeleine rajeunie, au cerveau intact, à qui il pourrait enfin poser des questions, demander le nom du village perdu, savoir où il a pu rencontrer la fille aux yeux vairons. Au moment de se présenter, il a eu un instant d'hésitation. Il a prononcé son vrai nom assez vite, et Madeleine, qui était à côté, n'a pas paru entendre.

Ils traversent Plombière, aperçoivent le Canal de Bourgogne, sur la gauche la combe du Diable et le bois du Crucifix, Velars-sur-Ouche, d'où ils pourraient bifurquer vers son pays. René connaît cette route par cœur, il l'a souvent sillonnée en Aronde avec Giselle. Ils déjeunaient sur l'herbe puis marchaient sur les bords mélancoliques du canal, ou suivaient les méandres capricieux de la rivière. René portait sa petite Nadège sur ses épaules, toute légère, il la sentait à peine. Elle lui peignait les cheveux avec ses doigts avec tant de douceur qu'il se demandait si c'était elle ou bien le vent.

Le vieil homme n'ose pas se retourner pour regarder Ninon, il l'observe dans le rétroviseur. Pour la taille, elle tient de son père, mais elle a pris de sa grand-mère la forme du visage et la finesse de la nuque. Même quand il ne la regarde pas, il sent sa présence derrière lui, une chaleur qui irradie dans tout l'habitacle. Renversée contre le dossier, la tête nonchalamment inclinée contre la portière, elle est avec eux et pourtant ailleurs. En même temps qu'elle leur parle, elle écrit sur son portable avec les pouces à une vitesse impressionnante. Par moments, elle éclate de rire. En la voyant, René a eu peur qu'elle ne fasse le rapprochement avec le coup de fil où il s'est fait passer pour

Max, mais non, elle a oublié. Elle devait être complètement ivre ce jour-là.

Il est le seul homme dans la voiture. Sans lui, est-ce qu'elles se comporteraient différemment ? Les femmes se passent mieux des hommes que l'inverse, il en est persuadé. À la mort de son père, il a proposé à sa mère de venir changer les ampoules et reboucher les lézardes. Elle a haussé les épaules, tu crois vraiment que c'est ton père qui s'occupait de ça ? Non, bien sûr. C'était elle qui taillait les haies, qui changeait les carreaux cassés, qui colmatait les fuites et repeignait les volets, sans parler des barrières à faire rouler dix fois par jour.

Eugène s'occupait du potager et cuisinait. Mais avec le temps, il en faisait de moins en moins. C'était peut-être à cause de sa jambe, ou de son corps toujours plus pesant. Depuis que son fils, à quinze ans, était parti en apprentissage, il n'allait plus poser de pièges. Il passait ses journées enfermé dans sa volière, là-haut, parmi ses squelettes d'oiseaux. Il avait toujours aimé tailler des objets dans de l'os. C'était, d'après lui, le matériau idéal, léger, solide, imputrescible. Il en faisait des poignées de porte, des manches d'outils, des cuillers à sel. Il s'en est fabriqué un nouveau pilon. À la fin, une frénésie s'est emparée de lui. Il cassait ou jetait des choses pour pouvoir les remplacer par des bouts de fémurs ou de vertèbres, les couverts, les ronds de serviette, les boutons de l'accordéon. La maison s'ossifiait, inexorablement. Le jour où Jeanne a trouvé sur sa bague de fiançailles serti à la place de la topaze, un éclat d'os taillé en brillant, son hurlement a ébranlé les murs plus fort que le passage d'un train.

Sa manie a quand même pris fin. Un jour de 1950, en bricolant, il a entendu dire à la radio que les fils de veuve seraient désormais exemptés de service militaire. Il l'a annoncé à Jeanne triomphalement, une bonne nouvelle, René n'irait pas faire le mariol avec un pétard. Elle a répondu qu'elle ne voyait pas le rapport, puisqu'elle n'était pas veuve, Dieu merci. Quelques jours plus tard, en entrant dans la volière, elle a trouvé le tabouret renversé près de la fenêtre ouverte. Eugène était en bas, étendu sur le gravier. Il tenait dans ses bras le squelette disloqué d'un milan. Il avait voulu l'accrocher au plafond, sans doute, et sa jambe, ou son poids, lui avaient fait perdre l'équilibre. Elle n'a pas cherché d'autre explication. Sur sa tombe, elle a fait graver *EUGÈNE LORIOT, 1895-1950, Le meilleur de mon être.* Et René a été dispensé du service.

En vérité, ce n'était pas la première fois qu'Eugène passait par une fenêtre. Son fils avait appris depuis longtemps, en espionnant par la fente dans le plancher, comment son père avait perdu sa jambe. Il n'avait pas sauté sur une mine à Perthes-lès-Hurlus, comme tout le monde le croyait. La réalité était moins glorieuse. Après la disparition de tout le 10e régiment, Eugène, seul survivant, n'avait aucune blessure. Dans le service de psychiatrie où il avait échoué, il répétait qu'on s'était trompé, qu'on avait oublié son nom sur la liste des morts. Il réfléchissait aux moyens de corriger cette erreur. Jacques, son voisin de lit, lui recommandait le poison, seulement Eugène aimait trop les bonnes choses pour en finir avec un mauvais goût dans la bouche. Un matin, trompant la vigilance du personnel, il sauta du troisième étage. La marquise de verre de la porte d'entrée lui sauva la vie mais lui déchiqueta la jambe droite jusqu'au genou. L'amputation eut pour effet de lui remettre les idées en place, et il fut renvoyé dans ses foyers. Au village, il fut accueilli comme un mutilé de guerre, et d'une certaine manière il l'était. Il avait fini par y croire lui-même. Le chirurgien, l'ayant trouvé sympathique, avait signé l'attestation. C'est ainsi qu'il obtint le poste de garde-barrière, et la maison.

Préparez-vous à tourner à droite en direction de Mâlain. La voix féminine du GPS tire René de ses réflexions. Lui qui connaît si bien les bords de l'Ouche, il pourrait guider Françoise, mais elle préfère cette drôle de machine, qui vous repère au millimètre près. Même le GPS est féminin, se dit-il, il n'y a décidément que des femmes ici. Est-ce qu'elles ont besoin des hommes ? Sa mère et sa grand-mère s'en sont sorties seules la moitié de leur vie, tandis que lui, après la mort de Giselle, il n'a pas pu rester seul dans son appartement au-dessus de la boutique. Il savait cuisiner pourtant, il avait même été pâtissier. Le problème n'était pas là. C'étaient les nuits. Et dans les nuits, les voix, les douces voix d'enfants, chuchotantes ou chantantes, qui montaient du sous-sol et lui glaçaient le cœur.

Ils choisissent une table isolée, à l'ombre, pas loin de la rivière. Le fils et la belle-fille de Madeleine, qui doivent apporter le déjeuner, ne sont pas encore arrivés. En attendant, René aide à disposer sur la table une nappe, de la vaisselle jetable et les quatre bouteilles de passetoutgrain qu'il a apportées. Il y a aussi des cerises, que Ninon a fait acheter à sa grand-tante pour le dessert. Tout est rouge, la nappe, les cerises, le vin et le t-shirt de la jeune fille. Comme il fait chaud, ils commencent par se servir chacun un gobelet. Au moins, ils ne mourront pas de soif.

Madeleine picore des cerises, s'amuse avec Ninon à cracher les noyaux dans l'eau. En regardant les trois femmes, René croit voir un tableau représentant les âges de la vie. Mais où est l'enfant qu'il cherche, celle qu'il a vue pour la première fois, juste avant que ne la gagne l'ombre de la puberté ?

Ses parents tardant à arriver, Ninon remonte plusieurs fois près de la route pour trouver du réseau et les appeler. Leur GPS les a conduits à un autre endroit qui porte le même nom, sans réseau aussi sans doute, car ils ne décrochent plus. René les imagine attablés au bord d'une rivière, en train de manger tout le repas qu'ils devaient apporter, poulet rôti, fromage, pain, et tout le reste. Ou peut-être vont-ils arriver d'un instant à l'autre. On aura de quoi manger, et de l'eau surtout car il fait chaud. En attendant, on remplit de cerises les assiettes en carton. Madeleine s'en fait des pendants d'oreilles avant de les tremper dans le vin. Le jus lui dégouline sur le menton. Leur pique-nique ressemble à une drôle de dînette. Ils boivent le passetoutgrain et la tête commence à leur tourner.

Madeleine va s'allonger sous les arbres, sur une couverture. Sa petite-fille s'installe en face d'elle, couchée sur le côté, en miroir. René et Françoise restent à table, regardant la rivière dont l'eau verte et opaque reflète le soleil. Le vin aidant, et il lui parle comme s'il la connaissait, votre sœur me parle beaucoup de son enfance, et pourtant elle ne dit jamais le nom du village où elle se trouvait pendant la guerre. Il n'a pas assez bu pour oser lui dire qu'il lui semble l'avoir déjà vue quelque part, à cette époque.

Françoise sourit, penche la tête. La mémoire de Maddie, c'est de la dentelle, c'est joli mais plein de trous. De 41 à 44, elle a vécu chez nos grands-parents, du côté de Verdun-sur-le-Doubs. En entendant ce nom, René sent qu'il brûle, comme quand on joue à chercher un objet caché. Et le village s'appelait ? Il s'appelait Meursant.

Son cœur bascule, oublie un battement. Meursant. Comment n'y avait-il pas pensé ? Meursant, ce petit pays coupé en deux par la nationale, avec d'un côté, l'église, le cimetière et quelques maisons, de l'autre, le plus gros du village, en pente douce vers le Doubs. Ils ont donc traversé la guerre à douze kilomètres l'un de l'autre. Il a pu la croiser au marché de Verdun ou sur la route de Ciel. Il est passé cent fois devant son auberge, en détournant les yeux car la présence des Allemands en faisait un lieu inquiétant.

Il regarde Madeleine endormie sous les arbres, les mains jointes sous sa joue. Le soleil, à travers les feuilles, jette des taches claires sur sa robe. Françoise lève son gobelet et regarde le vin à travers. Elle-même n'a guère connu Meursant, leur grand-mère a vendu l'auberge quand elle était encore enfant. Moi, je suis née à Paris, en septembre 44, la nuit même où le village a été libéré. C'est pour ça qu'on m'a appelée Françoise. Ma sœur me disait tout le temps que je n'avais rien vu, elle répétait moi qui ai vécu la guerre, et je me sentais minuscule. Elle en parlait comme des pires années de sa vie, ou au contraire comme des plus belles. À cause de Maximilien, demande René. Oui, comment vous savez ?

Elle pose son gobelet et appuie ses coudes sur le bord de la table. Maddie est rentrée à Paris quelques jours après ma naissance, mais elle retournait à Meursant pendant les grandes vacances. Un été, ils se sont fiancés en secret. René ne dit rien. À dix-huit ans, continue Françoise, il s'est engagé dans les paras, et en juillet 52, on l'a envoyé en Indochine.

Le reflet du soleil sur l'eau verte l'éblouit. Elle passe la main sur son front, je crois que j'ai trop bu, vous voulez bien qu'on marche un peu ? Ils s'engagent à pas lents sur un sentier ombragé. Un merle dialogue avec une grive dans le feuillage. Françoise cherche ses mots. Elle se souvient précisément d'un jour de cet automne-là. Le 28 octobre 1952. Quand Maddie est devenue folle.

C'est l'après-midi, elles sont trois dans la cuisine, les deux sœurs et leur mère. Maddie se remplit un verre d'eau. La mère ouvre et lit à haute voix une lettre de la grand-mère, envoyée de Meursant. Le verre déborde. Mad, qu'est-ce que tu fais ? L'eau inonde le carrelage et Maddie continue de verser. Qu'est-ce qui te prend, ma fille ?

Dans sa lettre, la grand-mère donne des nouvelles du village. Jeudi, le sous-préfet est venu inaugurer le pont de Saunières reconstruit. On n'avait pas vu autant de monde dehors depuis l'arrivée des Américains. Tout Saunières et tout Meursant enfin réunis étaient là pour applaudir. Sauf la Guite Prince qui, le matin même, avait appris que son troisième fils avait été tué en Indochine.

L'eau a cessé de couler parce que le pichet est vide, Maddie n'a pas bougé. La mère l'envoie s'allonger et lit tout bas la fin de la lettre, un vent glacé, des branches de pommiers brisées. Maddie n'a jamais prononcé devant ses parents le nom de Maximilien Prince. Pas seulement parce qu'elle prévoyait leur réaction, tu plaisantes, ma fille, un va-nu-pieds, un fils de personne, et parachutiste par-dessus le marché. Mais parce que, depuis toujours, ils s'étaient aimés en secret, et qu'elle était jalouse de ce secret.

Jusqu'au soir, elle reste prostrée sur son lit, les yeux au plafond. La mère fait venir le médecin, elle n'ouvre plus la bouche, docteur, elle ne bouge plus, elle ne fait rien d'autre que regarder sa main droite. Il l'ausculte, lui examine la gorge, il cherche ce qui fait que cette fille est muette. Il ne trouve rien. Il parle de surmenage et rédige une ordonnance.

Il n'a rien compris, le pauvre, ni personne, d'ailleurs. La seule à savoir, c'est Fannie. Elle les a vus ensemble, à Meursant, elle a juré de ne rien dire aux parents, et elle tient parole. C'est un honneur, pour une si petite fille, d'avoir à garder un si grand secret. Le deuxième soir, elle se glisse dans la chambre de Maddie, tentant de la distraire avec n'importe quoi, des blagues idiotes, Toto va à l'église, une grenouille en pliage qui saute quand on lui appuie sur le dos. L'aînée la regarde sans réagir. Elle lui dit de revenir quand les parents seront couchés. Cette nuit-là elles dorment ensemble, et toutes les suivantes. Maddie la serre dans ses bras et pleure, elle parle dans son sommeil, mon amour, mon amour, pleure encore. La petite se laisse faire, sentant confusément que ces mots, ces étreintes, ne lui sont pas destinés.

Avant de s'endormir, elles parlent toujours de Max. Raconte, vos fiançailles. Madeleine oublie qu'elle a huit ans et dit tout. Leurs mots tendres. Leurs repaires. Les endroits où la peau d'un garçon est plus douce que celle d'une fille, plus douce que la soie. L'enfant, troublée, imagine leurs caresses. Quand Maddie, songeuse, se tait, elle en redemande.

Max court, il transpire, il grimpe aux arbres. Il danse avec Mado au bal des moissons, elle sent la moiteur de son dos à travers sa chemise. Son odeur. Il enfonce ses doigts dans ses cheveux en broussaille, attends-moi, je reviens tout à l'heure pour la dernière danse. Promis. Comment aurait-il pu mourir sans lui dire adieu ?

Elle envoie sa sœur chercher les journaux dans le salon. Elle lui lit à haute voix tous les articles sur l'Indochine, remonte jusqu'au 22 octobre, le jour de la bataille de Tu-lê. Fannie entend *tue-les*. Patiemment, elles tissent, à deux voix, la légende du soldat Prince. La petite se donne beaucoup de mal pour lui inventer des morts héroïques. Il tient seul un fortin attaqué par des ennemis, il marche en tête du bataillon et saute sur une mine, il se retrouve nez à nez avec un Viêtminh qui tire en même temps que lui. Ou son parachute se met en vrille, il s'écrase au sol et des enfants aux genoux maigres entourent son corps.

L'enfant est fière de ses trouvailles, mais sa sœur n'est jamais d'accord. Il a dû y avoir une erreur. Elle se rappelle le nom du bateau sur lequel il allait s'embarquer, le *Pasteur*. Un nom rassurant, aseptisé, comme un vaccin contre la mort. Aussi, chaque fois que Fannie raconte la mort de Max, Maddie le sauve *in extremis*. Sa plaque d'identité arrête la balle qui allait atteindre son cœur. Sa chute est freinée par des branches. Sur le point de succomber aux mauvais traitements d'un camp de prisonniers, il parvient à s'évader. Ou, plus souvent, elle le voit évanoui à la suite d'une blessure, laissé pour mort. On l'a enseveli sous un tas de cadavres. Quand il revient à lui, il trouve la force de se dégager de la masse de corps et de les escalader pour retrouver la lumière. Il est recueilli par un couple de pêcheurs. Ou par une paysanne. C'est là que Maddie commence à se forger l'image d'une jeune femme aux poignets minces, qui le soigne. Max enfonce ses doigts dans les algues noires de ses cheveux. Il dort avec elle, devient son amant.

Au bout de quelques semaines, Madeleine guérit, sort de sa torpeur. Une nuit, elle se lève, s'habille et sort, sans voir que Fannie la suit. Elles longent la rue Brézin, remontent vers Denfert, longent l'orphelinat. La petite trotte derrière la grande sans oser l'appeler parce qu'elle croit qu'un somnambule peut mourir si on prononce son nom. Rue d'Assas, parvenue à une grille, Maddie se faufile à l'endroit où deux barreaux sont un peu écartés. Elles se retrouvent dans un étrange jardin où toutes les plantes portent des étiquettes dans une langue incompréhensible. L'aînée cueille quelques baies rouges sur un arbuste. Fannie l'arrête juste avant qu'elle ne les porte à sa bouche. Qu'est-ce que tu manges, Maddie ? Des plantes médicinales, c'est le jardin de ma fac de pharmacie. Elle ouvre la main, tu vois ces arilles, c'est de l'if, avec une seule poignée de leurs graines, tu peux tuer un éléphant. J'ai pas envie de tuer un éléphant, Maddie, je voudrais juste qu'on rentre à la maison.

Peu après, Madeleine reprend ses cours. Les jeudis, Fannie va l'attendre devant son amphi, et elle contemple, dans le couloir, une vaste fresque où un couple de l'âge de pierre, presque nu, cueille des simples au bord d'une rivière. Une fois, elle aperçoit sa sœur au bras d'un grand étudiant à lunettes. Du jour au lendemain, elle ne parle plus à sa petite confidente que de Philippe. Le nom de Max ne sera plus jamais prononcé.

René répète en lui-même, plus jamais. Il ne veut pas croire qu'elle se soit consolée si vite d'un aussi grand amour. Il est donc mort deux fois, ce pauvre garçon, une fois en Indochine, une autre quand elle a donné sa place à un autre. Le vieil homme souffre comme s'il était lui-même l'oublié. Est-ce qu'ils ont été heureux, Madeleine et son mari ? Oui, ils l'ont été, tous les trois, avec leur fils. René pense à Giselle et à Nadège, il se sent soudain immensément seul.

Mais vous, demande-t-il, vous avez connu Max, il était comment ? Je ne sais plus, j'étais jeune, je me souviens seulement qu'il était beau, mince et brun, avec des yeux très noirs. Un peu comme moi ? Elle se tourne vers lui sans comprendre et il regarde les pierres du sentier. Quelle ressemblance pourrait-elle trouver entre un gamin de dix-neuf ans et un vieillard ?

En suivant le petit sentier en boucle, ils reviennent à leur point de départ. Tout d'un coup, Françoise pousse un cri. Ninon est seule endormie sur la couverture, Madeleine a disparu. Un bruit attire leurs regards vers la rivière. La vieille femme marche dans l'eau. Elle s'éloigne du bord, relevant sa robe pour ne pas la mouiller et la mouillant quand même. Elle s'enfonce jusqu'aux cuisses, jusqu'aux hanches et elle continue d'avancer. Françoise appelle, Maddie. Elle se retourne et rit comme si elle faisait une blague, puis se jette sur le côté et se met à nager. Reviens, lui crie sa sœur, il y a des tourbillons, c'est dangereux. René se précipite vers elle tout habillé, sans même se déchausser. Il espère la rejoindre en marchant. Madeleine, déjà loin du bord, plonge et disparaît sous l'eau verte. Il se retourne vers la rive, cherchant de l'aide.

Françoise arrache les écouteurs de Ninon, qui n'a rien entendu. La jeune fille bondit, se déshabille tout en courant et se jette à l'eau à l'instant où la tête blanche reparaît à la surface. Très vite, elle rejoint Madeleine, se place derrière elle et, la tenant d'un bras, la ramène vers la rive malgré elle. Quand elles arrivent à la hauteur de René, elles reprennent pied et il tente d'aider la jeune fille à faire les derniers mètres jusqu'à la grève. Ses chaussures s'enfoncent dans la vase, il les abandonne pour ne pas tomber, et c'est elle qui doit le soutenir.

Ils sont sortis de l'eau, maintenant. Françoise demande à René s'il se sent bien. Elle l'entraîne au soleil et il s'étonne que ses jambes se plient si facilement quand il s'assoit sur l'herbe. Madeleine, assise près de lui, s'excuse, c'était pas la peine de te mouiller, je voulais juste nager un peu, j'avais chaud. Il a envie de lui faire des reproches, il a envie de la prendre dans ses bras.

Ninon refuse la couverture que lui tend Françoise, elle préfère se sécher au soleil. En sous-vêtements au bord de l'eau, essorant ses cheveux dans la lumière, elle ressemble à une sirène. Elle a des gestes tranquilles, comme si elle venait de faire une chose très ordinaire. Seul le mouvement rapide de sa poitrine laisse deviner qu'elle est essoufflée. Mado devait être aussi belle, nager avec la même vigueur, la même liberté, quand elle entraînait Max dans l'étang de la clairière, près de Meursant.

Sur le chemin du retour, assise à l'avant de la voiture, Ninon appelle ses parents, apprend qu'ils sont rentrés depuis longtemps. Elle ne leur parle pas de la baignade. Après avoir raccroché, elle se met à écrire frénétiquement sur son téléphone portable. René la soupçonne de raconter la scène à ses amis qui s'en amuseront à la prochaine soirée. À l'arrière, sous la couverture, Madeleine caresse doucement la paume du vieil homme, là où était autrefois sa cicatrice. Il ne lui en veut déjà plus de l'avoir obligé à se jeter à l'eau, à perdre une paire de chaussures dans la vase, ni même d'avoir été la femme de Philippe.

Il pense à la force que Madeleine a dû mettre à murer le souvenir de son amour d'enfance pendant toutes ces années. Pour que jamais son nom ne passe ses lèvres, même dans cet abandon qui saisit les femmes quand leurs mains sont occupées à des tâches ordinaires. Même dans ses rêves. Pourtant, elle en a reparlé à sa petite-fille. Peut-être cet aveu lui a-t-il échappé récemment, lorsque son cerveau a commencé à se percer de trous, révélant, comme un bulbe gardé en hivernage, son jeune amour intact et prêt à refleurir.

De retour dans sa chambre, René garde encore quelques minutes ses vêtements humides et froids. Même si la sensation est pénible, il lui laisse le temps de remonter, du plus profond de l'eau glacée, un souvenir englouti.

En approchant de l'étang Charnaux, l'enfant entend crisser les roseaux. Une forme blanche est prise au piège entre les tiges qui s'agitent. Il pense d'abord au chien de la ferme du Perroux, puis, il reconnaît le long bec orange de son héron. Il faut aller le libérer. René retire ses sabots et ses chaussettes et, la vase glissant sous ses orteils, il entre prudemment dans l'eau glacée. Ses pieds, ses mollets, le bas de ses cuisses sont bientôt engourdis, malgré cela il doit avancer encore, s'enfoncer jusqu'à l'aine, tant pis pour son short. Le héron est blessé à l'aile. Quelqu'un a dû lui tirer dessus pour voler ses belles aigrettes et le toucher à l'aile, un Allemand sans doute, puisqu'ils ont réquisitionné tous les fusils. Par moments, une grande saccade relève sa tête au-dessus de l'eau, son cou se courbe en arrière. Il bat de son aile valide et se cogne contre les cannes qui l'emprisonnent.

René est enfoncé jusqu'à la taille, maintenant. Il ne sait pas nager, s'il perd pied il risque de se noyer. Il atteint les roseaux, les écarte, tente de tirer le héron vers lui pour le libérer. Le froid contre son ventre le fait suffoquer, l'oiseau est trop grand pour ses bras de dix ans, mais il ne veut pas renoncer. Il s'arc-boute, plantant ses talons dans la vase pour ne pas perdre l'équilibre et, peu à peu, il parvient à dégager l'animal. Lentement, il regagne le bord. L'aile affolée lui fouette le visage comme un linge mouillé.

Quand l'eau ne lui arrive plus qu'aux genoux, il s'arrête un moment et contemple sa prise. L'échassier est superbe. C'est la saison des amours et de longues plumes nuptiales ornent son dos, lui faisant une traîne féerique. René retient l'oiseau à bras le corps. Il va soigner son os brisé. Dans quelques semaines, il le relâchera et le regardera s'envoler. Comme il a vu faire Eugène, il lui parle et le caresse pour le rassurer, viens là, viens vers moi, mon tout beau. Alors, une voix lui souffle une autre issue. Tue-le. Offre-le à ton père. Même s'il faut réparer l'os de son aile, ce sera la plus belle pièce de sa collection.

L'oiseau est trop fort pour qu'il l'étouffe contre lui, alors il lui plonge la tête sous l'eau. Les secousses affolées des ailes, mêlées aux battements de son propre cœur, se font plus fortes. Mais il pense au trophée, à Eugène admirant son fils, pour la première fois.

Après un temps infini, les saccades se font moins régulières, s'espacent puis cessent tout à fait. Il attend encore avant de relâcher son étreinte. Alors seulement, il sort de l'eau, portant l'oiseau dont le cou pend maintenant sur le côté. Le serrant toujours contre lui, il se laisse tomber sur le gravier. Ses vêtements trempés lui donnent la sensation d'être pris dans la glace. À cet instant, mourir serait facile. Il suffirait de s'abandonner à l'abîme glacé, de laisser le froid le transpercer jusqu'au cœur.

Mais il enfouit ses doigts bleuis sous les plumes, au plus près de la peau, cherchant l'endroit où le duvet est encore sec et chaud comme la vie. Pris d'un nouveau vertige, il se sent basculer hors de l'enfance, vers un monde obscur et cruel. Alors, comme si la chaleur trop douce de l'oiseau mort dégelait quelque chose au plus profond de lui, il se met à pleurer.

IX

LA PETITE FILLE AUX ALLUMETTES

Jusque-là, René s'est contenté de suivre Madeleine dans ses fugues. Après l'excursion sur les bords de l'Ouche, l'envie le prend de l'emmener dans la ville. Quand ils sont montés au Belvédère, ils ne l'ont vue que de loin. Le jour du pique-nique, la voiture l'a contournée. Il voudrait maintenant entrer au cœur de la vieille cité, jusqu'à sa chère rue Musette. L'Oiseau bleu n'existe plus, bien sûr, mais le bâtiment, sans doute, est toujours là. Le grand circuit qui fascinait les enfants, au sous-sol, s'y trouve peut-être encore, dernier vestige de son royaume. À force de décrire amoureusement son chef-d'œuvre pour Madeleine, le désir lui est venu de le lui montrer.

L'heure des visites est le meilleur moment pour sortir, elle permet de s'éclipser sans être remarqué. Le bus s'arrête tous les quarts d'heure en face de la Maison, il suffit de traverser à la dernière minute, pour ne pas risquer de se faire prendre en train de l'attendre.

Assis sur une banquette du fond, ils suivent la rue de la Libération puis le boulevard de Chèvre-Morte. René se demande s'il n'aurait pas mieux fait d'y aller d'abord seul. En six ans, lui a-t-on dit, le commerce a changé de mains plusieurs fois, c'est devenu un bazar, un magasin d'alimentation, autre chose encore, il a préféré ne plus savoir. Il a peur de ce qu'il va découvrir avec Madeleine.

Le bus les dépose place Darcy. L'esplanade est méconnaissable, bouleversée par des travaux de terrassement. Le nouveau tramway, René en a entendu parler, mais il n'imaginait pas un tel chantier. Dans la rue de la Poste, bien que les enseignes ne soient plus les mêmes, les pierres dorées des vieilles maisons n'ont pas changé, une par une il les reconnaît. Sans tout ce monde à cause des soldes, il pourrait trouver son chemin les yeux fermés dans les passages tortueux et les rues étroites.

Parvenu à l'angle de la rue Musette et de la rue des Godrans, ils s'arrêtent. La maison de pierre aux hautes vitrines cintrées est méconnaissable, avec ses croisées peintes en violet. Il faut qu'il recule pour mieux la regarder, qu'il distingue au-dessus de la porte, à travers les lettres de néon rose, la vieille inscription gravée, AU PROGRÈS, qui date d'avant L'Oiseau bleu. C'est bien là. Impossible de savoir ce qu'on y vend, car des affiches rouge et blanc, *SOLDES JUSQU'À – 50 %*, recouvrent les vitrines. René hésite à entrer, mais Madeleine a déjà franchi la porte et il la suit à l'intérieur.

De sa belle boutique, il ne reste rien, les meubles ont disparu, les ouvertures sont bouchées. Des femmes se pressent autour de présentoirs au mystérieux contenu multicolore. En voyant une vendeuse lever un cintre où pend une nuisette de soie, il comprend. C'est devenu une boutique de lingerie féminine. Il caresse un pompon de duvet sur un déshabillé, voilà donc où finissent les plus belles aigrettes. Dommage que son père ne soit plus là pour voir ça.

Dans les haut-parleurs, une superbe voix chaude, un peu cassée comme celle de sa mère, chante *Old friend, why are you so shy ?* Il perd Madeleine de vue et la retrouve assise, en train d'essayer une ravissante pantoufle gorge-de-pigeon, avec une houppette en plumes de cygne sur le dessus. Juste derrière elle, il aperçoit une rampe d'escalier à volutes de fer forgé, ce qui reste de son magasin. *You know how the time flies.*

Il prend Madeleine par la main, ouvre la chaîne qui interdit la descente. Ses mules claquent sur les marches, peu importe, il y a trop de brouhaha pour qu'ils attirent l'attention des vendeuses. Ils se retrouvent dans une pièce sombre qu'il a du mal à reconnaître. S'habituant à la pénombre, il distingue des cartons, des cintres, des présentoirs cassés. De grands panneaux publicitaires sont mis au rebut vers le fond, là où se trouvait le train électrique. René les retire les uns après les autres et les pose côté à côte contre les murs, tout un cortège de dos, de seins, de fesses, des femmes sans visages. On entend encore, faiblement, *Never mind I'll find someone like you.* Madeleine, assise au centre dans un vieux fauteuil de bureau, s'amuse à le faire pivoter lentement. Ça me plaît ici, la vue est magnifique.

René s'arrête avant le dernier panneau, où une nymphe en sous-vêtements noirs, les mains sur les hanches, le défie. Et si la vitrine derrière était brisée, si tout avait été démonté, saccagé, ne vaudrait-il pas mieux s'en tenir là ? Tant pis, il veut savoir. Prudemment, il soulève l'affiche. Le verre est fêlé, mais il est encore en place. Il le nettoie avec un kleenex.

Madeleine s'approche, un peu titubante d'avoir fait tourner son fauteuil, qu'est-ce que c'est, on dirait l'hiver. La poussière a saupoudré les montagnes, les toits des maisons et des wagons. René rebranche le tableau de bord pour faire démarrer les trains. La neige, sur les rails, freine les roues qui tournent dans le vide et, après quelques soubresauts, s'arrêtent. Le système qui faisait doucement alterner le jour et la nuit s'est aussi déréglé, il clignote et s'affole, projetant des éclairs. Un court-circuit fait jaillir des étincelles d'un aiguillage. Dans le stroboscope des flashes, René voit se dérouler la vie de Madeleine, chaque fois différente. Elle est Mad, Maddie, Madelon, elle est la petite Mado. Et sur ce visage se reflètent ceux des centaines d'enfants qui, bouche bée, les yeux écarquillés, contemplaient ce joli monde merveilleux.

Elle prend le bras de René, c'est beau, la neige, les lumières qui scintillent. C'est pour toi, Mado, joyeux Noël. Elle sourit comme une enfant, mais sa bouche, quand elle l'embrasse, est celle d'une femme. Serre-moi aussi fort que le jour où je t'ai offert la soie blanche, tu te souviens ? Bien sûr, mon amour, bien sûr que je me souviens.

Sur le chemin du retour, alors que le bus a déjà passé la rue des Perrières, René s'aperçoit qu'ils ont oublié de payer. Le portique n'a pas sonné quand ils sont sortis du magasin. En d'autres temps, il serait retourné réparer son erreur. Plus maintenant. Il regarde la plaine au loin dans la lumière dorée et hausse les épaules. Trop tard. Tu tournes mal, mon petit René, complicité de vol, à ton âge, ça promet. Il rit doucement et regarde Madeleine, qui agite le bout de son pied pour faire voleter les plumettes gorge-de-pigeon. Il sent alors, Dieu sait pourquoi, que le moment est venu de mettre fin à son mensonge, écoute-moi, il faut que je t'avoue quelque chose. Elle lui sourit et hausse les épaules, oh, je sais bien, mon amour, que tu as connu d'autres femmes, là-bas, je te pardonne. Sur ses pantoufles les duvets volètent gracieusement.

René renonce, comment faire autrement ? Comment pourrait-il lui répondre oui, Madeleine, je t'ai trompée, je te trompe depuis le début, je ne suis pas Max, je n'ai rien à voir avec lui ? Ce serait lui annoncer une nouvelle fois la mort de son amour, la tuer peut-être. D'ailleurs, après tous ces jours, toutes ces nuits à écouter son histoire, il mentirait s'il disait qu'il n'est pas Max, tant les souvenirs et les rêves de ce garçon ont pénétré en lui. Il est trop tard. Il dépend de lui, désormais, que le soldat Prince reste en vie. Sur une image de son livre d'histoire, un poilu courait à travers les lignes ennemies, portant un camarade blessé. C'est lui-même, maintenant, qui trimballe le corps de Max sur son pauvre vieux dos, ployant sous son fardeau. Peut-être, comme l'héroïque poilu, ne sentira-t-il pas qu'au milieu de sa course les mains ensanglantées avaient cessé de s'agripper à lui, et que le blessé était devenu infiniment lourd. Un soldat de plomb.

Désormais, de plus en plus souvent, ses nuits sont hantées de rêves guerriers, de scènes qu'il n'a jamais vécues. Il se voit sur un pont de navire, entre ciel et mer gris acier, écoutant le discours d'un colonel, *grenier à riz... populations laborieuses... moucherons... sauveur... dominer le monde...* Il croit se suicider en sautant dans le vide du haut d'un avion. Une autre vision l'angoisse davantage. Elle lui revient par fulgurances, éclats confus qu'il refuse de comprendre. Les yeux implorants d'un très jeune soldat viêtminh. Un sein de femme sous l'uniforme déchiré. Le métal encore chaud d'une arme. Le goût du lait et du sang mêlés dans sa bouche. Le pire, c'est le plaisir qu'il tire de ces rêves, dont il a honte à son réveil. Il se déteste et se méprise de s'être glissé dans la peau d'un soldat.

Cette nuit-là, Madeleine le rejoint dans son lit et le réveille, j'ai peur, il y a quelqu'un derrière la porte, il tourne la poignée, c'est le vieux. René cherche à l'apaiser, lui caresse le front, la Maison est pleine de vieux, Mado, ils ne sont pas méchants. Elle fait non de la tête, c'est Pépé, il revient comme la dernière nuit, à l'auberge, avec sa boîte pleine de malheur.

Cette nuit-là, on savait que les Alliés étaient tout près, les FFL et les Américains, ils avaient passé Chalon et ne tarderaient plus. Depuis quelques semaines, les Allemands ne se souciaient plus d'avoir l'air correct. Ils rentraient suants, les mains sales, les bottes tachées de boue. Tard dans la soirée, depuis la chambre de ses grands-parents, Mado a entendu des coups de feu dans la salle à manger, des cris plein la maison. Le lit de Pépé et Mémé n'était pas défait.

Elle est allée voir. Sa grand-mère lavait le carrelage du restaurant. Pourquoi l'eau est rouge, mémé, et ces tirs, ces cris, c'était quoi ? L'eau n'est pas rouge, tu rêves, Mado, et le bruit, c'étaient les Allemands qui débouchaient du champagne. File te recoucher, c'est pas une heure pour les enfants.

Mado s'est recouchée, mais l'angoisse la tenait éveillée. Au milieu de la nuit, la poignée de la porte a tourné doucement, le grand-père est entré sur la pointe des pieds. Elle a fait semblant de dormir. Dans sa main, il tenait la caisse de bois de la tombola. Il s'est assis au bord du petit lit, lui a caressé les cheveux, réveille-toi, ma colombe, j'ai besoin de toi. Il a allumé la lampe de chevet et elle a cligné des yeux, éblouie. Il faut que tu tires des billets. Elle s'est soulevée sur un coude. Une tombola en pleine nuit, c'était drôle. Il y avait une vingtaine de billets dans la boîte, elle lui en a donné un, qu'il a eu du mal à déplier. Encore sept, Mado. Qu'est-ce qu'ils vont gagner, pépé ? Il n'a pas répondu. Il penchait la tête de côté comme quand il était triste. En l'embrassant il lui a mouillé la joue, elle s'est essuyée avec la manche de sa chemise de nuit. C'était la première fois qu'elle le voyait pleurer. Elle lui a tendu les billets un par un. Chaque fois qu'il en ouvrait un, ses larmes coulaient. Les huit billets tremblant dans sa main, il s'est levé. Rendors-toi, mon ange, je te dérangerai plus. Il a éteint et s'en est allé. Dans la maison, on n'entendait plus rien sauf, de temps en temps, un gémissement assourdi qui montait de la cave.

Mado a rallumé la lumière. Elle a pris un billet dans la caisse restée au pied du lit. Ce n'était pas un numéro, mais le nom du fils du sabotier. Sur un autre, un fermier. Tous des hommes du village, jeunes, sauf que les frères de Max n'y étaient pas. S'ils étaient parmi ceux qu'elle avait tirés, elle les avait encore fait gagner.

Gagner quoi ? En se recouchant, elle a songé que dans *tombola*, il y a *tombeau*.

Bien plus tard, elle tenterait de comprendre. Elle supposerait que les Allemands voulaient des otages, des hommes jeunes, en représailles, pour venger leur lieutenant, et qu'ils avaient demandé une liste au maire du village. Il n'avait pas voulu choisir. Il s'en était remis à une main innocente, car une main d'enfant est mue par des puissances invisibles, les anges sans doute. Cela dit, cette histoire ne tenait pas debout. Jamais les Allemands n'auraient laissé un maire désigner leurs otages. Peut-être, par cruauté, lui avaient-ils demandé de faire une liste. Mais huit hommes pour la vie d'un officier, c'était peu. Tout le village aurait pu y passer.

À l'aube, elle a entendu les Allemands courir dans toute l'auberge, ils s'appelaient, s'affolaient. Leur camion était garé juste derrière la fenêtre. Ils y ont empilé des choses, y ont grimpé à la hâte et ont démarré. Sous les yeux de Mado est passée une main qui pendait sous la bâche, avec la bague d'or du lieutenant, sertie d'un filet de sang. Avant le jour, ils avaient décampé, avec leurs motos et leurs chiens, leurs armes et leurs chants, leurs photos de fillettes aux maisons de poupées. *Raus*. Pas de temps pour des représailles. Ils n'ont tué que Léopold.

René serre Madeleine entre ses bras, embrasse ses cheveux et leur parfum de mûre. Il veut savoir comment Léo est mort. Ton propre frère, comment tu as pu oublier ? Elle décrit l'irruption de Léo dans la salle à manger, fusil pointé vers la table des officiers, trop nombreux, même pour un bon chasseur. Elle raconte la balle frappant le lieutenant en plein cœur, le gamin blessé en même temps à l'épaule et à la jambe. Ils l'ont descendu à la cave. Un martyr, ça suffit pour imaginer tous les autres. Malgré le bâillon, ses gémissements traversaient les murs de la maison. C'était la première fois qu'il entrait dans l'auberge. Il avait dix-huit ans.

Le matin, après le départ des Allemands, Pépé l'a trouvé dans la cave. Au-dessous de sa tête, le sang faisait une flaque sur la terre battue. Plus tard on y mettrait de la sciure pour éponger, du gravier, ça ressortirait toujours. Le vieil homme a décroché le corps, a dénoué la corde de ses chevilles et l'a mise de côté, elle pouvait servir. Mémé l'a aidé à le remonter. Si la Mane avait été là, elle l'aurait porté dans ses bras comme un jésus. Seulement la Mane n'était plus là, alors Pépé l'a chargé sur sa brouette et l'a couvert d'un drap pour aller le rendre à sa mère.

Et toi, demande René, tu l'as vu ? J'ai seulement vu le drap, avec les pieds nus, sales et pourtant très blancs, qui dépassaient. C'était important, que ces pieds dépassent, pour que les gens comprennent. Ce que le maire transportait à travers tout le village, c'était ni des bûches, ni de la terre. C'était un homme. On a su qu'il était arrivé chez la Guite en entendant son cri, qui a porté à des kilomètres à la ronde. Et l'après-midi, quand les Alliés sont arrivés, quand tout le monde est sorti pour accueillir les libérateurs, à travers les explosions de joie on distinguait encore, du côté de la rivière, des hurlements de louve.

René entend la douleur de la femme blessée. Elle est devant lui, cette beauté aux traits fatigués qui est devenue sa seconde mère. Assise à l'entrée de la cour encombrée de ferrailles, elle tient dans ses bras le corps supplicié de son fils à demi enveloppé de toile blanche. Le grand garçon roux derrière elle n'ose pas lui poser la main sur l'épaule. Il sait qu'il ne sera jamais que le remplaçant du fils préféré. Le survivant par erreur. Le faux jumeau.

René les voit parce qu'il est dans le tableau, lui aussi. Il est le petit frère aux cheveux noirs qui se tient près de la maison, la main posée sur une herse. Ses yeux sont secs, mais il presse la pointe de métal rouillé à s'en entailler la paume. Et dans son lit, le vieil homme sent la douleur lui déchirer la main droite. Lui qui, hier encore, se croyait fils unique, il vient de perdre un frère.

Madeleine n'a pas fini. Il lui reste une chose à dire avant de dormir. Dans les semaines qui ont suivi, il y a eu à Meursant, comme partout, des règlements de comptes. Des gens ont accusé Pépé d'avoir logé les Allemands, et ils ont peint une croix gammée sur son mur. Il l'a recouverte d'une roue à la peinture noire. Trop tard, le mal était fait.

Mado allait bientôt retourner à Paris, chez ses parents, où une petite sœur venait de naître, juste pendant cette dernière nuit. Tu en as de la chance, ma puce, tu vas pouvoir jouer à la poupée. J'ai plus l'âge, mémé, j'ai onze ans. Le grand-père a refusé de monter chercher la valise au grenier. Si sa petite-fille partait, son ange gardien, le malheur s'abattrait sur l'auberge, plus sûrement que la croix peinte au mur.

La veille de son départ, Mado a trouvé la porte de la cave ouverte et la lumière allumée. Le grand-père était en bas. Elle le voyait de dos, la tête penchée comme quand il était triste. Ses pieds ne touchaient pas le sol, comment tu fais, pépé, tu sais voler ? Il n'a pas répondu. Alors l'enfant s'est approchée et elle a vu la corde.

Le lendemain soir, Madeleine a disparu. René la cherche dans sa chambre, il inspecte toutes les salles, tous les corridors de la grande Maison, jusqu'au sous-sol. Elle n'est nulle part. Où avais-tu la tête, où avais-tu les yeux, tu t'es assoupi dans ton fauteuil, tu t'es lâchement abandonné comme tous ceux de l'Espérance. Il la cherche, pourtant il devine qu'elle n'est pas là, il sent son absence comme le froid du lit quand elle se lève avant lui. Il croit la voir dans une rue, si seulement il savait laquelle.

Il n'ose pas signaler son départ. La nouvelle déclencherait un branle-bas, sœur Marie-Josèphe appellerait peut-être la police. Est-ce qu'on lance un avis de recherche quand un vieux disparaît, comme pour un enfant, avec des photos à la télé ? Il imagine des voitures circulant toutes sirènes hurlantes, bouclant le quartier, des battues dans les jardins des environs avec des bergers allemands, et Madeleine aveuglée par les lampes torches. Non, il préfère continuer de chercher seul, mais à mesure que l'obscurité monte autour de la Maison, son vieux cœur s'affole dans sa cage comme un chardonneret pris au piège.

Sœur Célestine est la seule à qui il puisse se confier. Elle comprend que l'histoire doit rester entre eux. Elle s'éclipse un instant et revient, une clé de voiture à la main. Ils descendent sur le parking du personnel, derrière les cuisines. La voiture des religieuses est garée tout au bout. Vous avez votre permis, ma sœur ? Mieux que ça, mon ami, j'ai la bénédiction de saint Christophe. René admire la présence d'esprit de la conductrice, qui n'allume les phares que plus loin dans la rue de l'Espérance, pour ne pas qu'on les remarque depuis la Maison.

Qu'est-ce qui a pris Madeleine de s'en aller toute seule, alors que René lui avait fait promettre de ne jamais sortir sans lui ? Il s'en veut, il aurait dû la suivre, au lieu de rester devant ce reportage sur un squelette de soldat anglais découvert à Waterloo. C'est ma faute. La sœur le regarde et hausse les épaules. Vous croyez vraiment que c'est aux pensionnaires de se surveiller entre eux ? Et le personnel alors, à quoi sert-il ?

Ils parcourent les rues avoisinantes, puis toutes les artères de Talant. René se dévisse le cou pour ne rien manquer, sursautant au moindre mouvement, mais c'est juste un passant attardé, ou l'ombre d'un arbre glissant dans la lumière des phares. Ils revisitent tous les endroits où il est déjà allé avec Madeleine. Ils suivent la route jusqu'au Belvédère, voient à leurs pieds la ville illuminée. Dans la nuit, elle ressemble encore plus à une miniature, et le marchand de jouets rêve de faire lever le jour d'un coup d'interrupteur pour retrouver Madeleine. Ils poussent leur ronde jusqu'aux premiers quartiers de Fontaine. La présence de Célestine rassure René, et pourtant, plus le ciel s'assombrit, plus il a le souffle court. Par moments, il en oublie de respirer.

Ils reprennent le chemin des Glacis pour retourner vers la Maison de l'Espérance. Il n'y a rien d'autre à faire. Avertir sœur Marie-Josèphe, qui téléphonera au commissariat. Soudain, Célestine freine si brutalement que René plonge vers l'avant et sent la ceinture le couper en deux. La sœur se retourne pour vérifier ce qu'elle vient d'apercevoir dans le rétroviseur. Les vitraux de l'église sont éclairés d'une lueur orangée inhabituelle, surtout à une heure pareille. Elle fait une rapide marche arrière et se gare sur le parvis.

La nef est illuminée par des centaines de bougies et de cierges, disposés partout sur les consoles, sur le pavement, au pied des colonnes, collés avec de la cire fondue. Il y en a le long des bancs et des barres de prière, sur l'escalier en spirale de la chaire. D'innombrables flammes brillent comme les étoiles d'un ciel inversé. Au sol, elles semblent tracer un chemin de lumière. Célestine s'y engage, René la suit jusqu'à l'autel flamboyant, puis jusqu'au chœur. Madeleine n'y est pas.

La ligne sinueuse des bougies continue jusqu'à l'abside et s'interrompt devant un groupe sculpté placé dans une chapelle. C'est une mise au tombeau très ancienne, dont la pierre porte encore de vagues traces de couleurs. Éclairées d'en dessous, sept figures entourent le corps du supplicié. La Vierge Marie croise ses mains désormais vides. Marie Madeleine, avec sa chevelure déliée, lève les yeux vers Nicodème, dis-moi, toi qui le portes, est-ce qu'il est vraiment mort ? Elle n'y croit pas, on ne croit jamais à la mort de ceux qu'on aime.

Le Christ est masqué par l'ombre du suaire. Célestine avance d'un pas et se signe. En s'approchant, René voit Madeleine couchée de tout son long sur le corps de Jésus, immobile, comme une morte. Ses cheveux blancs lui font une sorte d'auréole.

Le vieil homme chancelle, mais elle respire. Les mains posées sur les épaules du Christ, les lèvres contre ses lèvres, elle dort paisiblement. Et qu'importe qu'elle soit couchée là, puisqu'il l'a retrouvée et qu'elle est vivante, il lui pardonne tout. Le dos de Madeleine se soulève doucement, et on dirait que les figures de pierre, dans la lumière vacillante des flammes, suivent son souffle. On croirait même les voir pleurer.

Le petit train roule sur son circuit qui a la forme d'un huit, la forme de l'infini. René ne s'en lassera jamais. Surtout pas cette nuit. Il a posé le réseau sur son lit et s'est couché à côté. Quand il était tout gamin, il s'endormait avec l'appeau en forme de grive que son père lui avait sculpté dans de l'os. Le matin, il le tenait encore dans son poing.

L'autorail tourne sur ses rails, mais ce coin de campagne n'a pas encore tout révélé. Car René y a mis toute son enfance. La jambe du père et son faux héroïsme. La mère tirant la barrière et chantant des rengaines qui vous font danser et pleurer. Le héron au bord de l'étang, avec son aile encore intacte. La fente du plancher, par où on entend ce qu'on ne devrait pas entendre. Le garçon à sa fenêtre, guettant le passage de son parrain Jacques.

Jacques y est, lui aussi. Il est dans la cabine de conduite, invisible derrière la vitre brouillée. Chaque matin, il mène son filleul à l'école. Chemin faisant, il lui explique les manettes et les boutons, la pédale qu'on appelle l'homme-mort, car si le pied du conducteur la lâche, la motrice s'arrête aussitôt. L'enfant veut devenir mécanicien des chemins de fer, lui aussi. Emmener les gens là où ils ont envie d'aller, à la mer, à la fête, les rendre heureux. Jacques sourit et passe sa main sur les cheveux de son filleul. Le jour de ses quatorze ans, il lui laissera sa place. Pas avant. Quatorze ans, c'est l'âge d'homme. De temps en temps, il attrape une bouteille sous le tableau de bord, boit une grande rasade, puis souffle. Quand il fait froid, son haleine forme de la buée sur le pare-brise. C'est derrière ce verre trouble que le petit circuit garde un dernier secret.

Le jour des quatorze ans de René, le parrain tient sa promesse. L'adolescent s'assoit à sa place, pose le pied sur l'homme-mort, dégage la manette du frein et met le train en marche. Il l'a vu faire tant de fois que tout lui paraît facile. Ils prennent de la vitesse, de plus en plus, et il se sent tout-puissant. Debout près de lui, Jacques sans quitter les rails des yeux, ouvre le bouchon de porcelaine d'une bouteille neuve, boit une lampée, souffle. Alors, filleul, c'est bien comme dans tes rêves ? Le garçon sourit et hoche la tête, ravi. C'est encore plus beau.

Tu sais, petiot, ce que tu racontes sur les trains, c'est n'importe quoi. Jacques reprend une gorgée. Que tu veux rendre les gens heureux, les conduire en vacances, à la fête, tout ça. Il se tait un moment. Les trains, des fois, ils emmènent les gens là où ils ont pas envie d'aller. Un silence, plus long que le précédent. Où ça ? Du coin de l'œil, le garçon voit Jacques se pincer entre les sourcils. J'en sais rien. Dans la deuxième moitié de la guerre, il y a eu des trains. Des trains de marchandises, très longs. La marchandise, dans les wagons, c'étaient des gens. Enfermés, entassés. Il y avait même des enfants.

L'adolescent a entendu parler de ces trains. Il connaît l'histoire du train fantôme qui a erré pendant des semaines, chargé des derniers déportés, des résistants et des Juifs qu'on emmenait de Toulouse vers l'Allemagne, par les lignes secondaires quand les principales avaient été sabotées ou bombardées. Il dit ceux qui conduisaient ces trains, c'étaient les soldats allemands, des salauds.

C'étaient pas des Allemands, petiot. La voix de Jacques se fait plus sourde, presque étouffée par le bruit de la motrice. C'était nous. C'était moi. On n'avait pas le choix. Si on refusait, on pouvait être déporté. Beaucoup de cheminots ont résisté, de toutes sortes de façons. Moi, j'ai pas osé. J'ai fait le boulot. Je regardais les rails, rien que les rails, j'essayais juste de rien entendre. Les prières, les appels, les pleurs. Qu'on arrive à la frontière et que je passe le relai. Qu'on en finisse. Que j'oublie. J'ai pas oublié, jamais. Toutes les nuits, je les entends. Surtout les petits.

Alors, René lâche tout, les commandes, la pédale. Il ne fera pas ce métier. Ni aucun autre. Il se lève, arrache l'eau-de-vie des mains de Jacques. Son parrain se précipite pour le remplacer avant que la motrice ne s'arrête, qu'est-ce que tu fais, gamin, tu es fou ? Il essaie en vain de reprendre la bouteille, le garçon l'a déjà vidée. Il veut descendre, tout de suite. Il ouvre la portière. Jacques ne peut pas l'atteindre sans lâcher l'homme-mort. Reviens ici, reviens… Mais René est parti. Des flammes traversent son cerveau, puis l'obscurité l'envahit.

Dans cette obscurité resurgit le souvenir d'une nuit de son enfance, vieille de quatre ans déjà. Un train long et lourd passait lentement sur le pont de Saint-Bonnet, remontant vers Dijon. Ce n'est pas le bruit des essieux qui l'a réveillé, il y était habitué. C'était un autre son, mêlé à leur cadence. Une rumeur faite de soupirs, d'appels, de prières, de coups frappés contre le bois des wagons. Et puis, au milieu de tout cela, des voix d'enfants, de jolies voix limpides chantant une chanson familière, et cette chanson douce était plus terrible que tout le reste. Il la connaissait, sa mère la lui avait souvent chantée, *V'là l'bon vent, v'là l'joli vent*. René accompagnait du bout des lèvres la ritournelle, qui de douce devenait très cruelle, *Visa le noir, tua le blanc*, à mesure que les couplets se chevauchaient, formant une chaîne qui vous enserrait la poitrine, *Pardessous l'aile il perd son sang*. Les jolies voix d'enfants s'éloignaient dans la nuit, tandis que le train continuait de rouler vers le nord, inexorable.

Au matin, il a interrogé ses parents. Ils n'avaient rien remarqué, quel train, quelle chanson, non, tu as dû rêver. Peu après, ils l'enverraient loger au bourg, chez sa grand-mère, peut-être pour qu'il arrête de poser des questions.

Il ne se souviendrait pas de l'instant où il était tombé sur le ballast, le jour de ses quatorze ans. Ses parents lui raconteraient plus tard qu'on l'avait trouvé gisant au bas du remblai, près de la bouteille brisée. Il ne saurait jamais si c'était la chute qui avait provoqué son coma, ou l'alcool trop fort, bu trop vite. L'eau-de-vie, comme on dit.

Pendant trois jours et trois nuits, on l'a cru perdu. Le troisième jour, son père a parlé de lui au passé, et il est remonté vers la lumière. Après son réveil, il a passé plusieurs semaines à l'hôpital, pour réapprendre à marcher, à parler, à vouloir, comme un nouveau-né. De retour chez lui, il est encore resté longtemps couché dans sa chambre. Un matin, en voyant passer l'autorail sous sa fenêtre, il a fait un signe au conducteur, mais ce n'était pas Jacques. Jacques, a expliqué son père, avait demandé sa mutation. Ils n'ont jamais su où.

X

POUCETTE

Après sa fugue à l'église, Madeleine n'est plus la même. Depuis quelques jours, déjà, elle parle moins, comme si tous les récits nocturnes qu'elle a faits à René l'avaient épuisée. Son cerveau semble s'être vidé de tous les souvenirs qu'elle en a extraits pour lui. Elle n'a plus rien à dire. Elle ne vient plus le rejoindre la nuit. Il se perd, maintenant, dans son lit devenu trop vaste, cherchant la chaleur d'un autre corps. Alors il va secrètement la retrouver dans sa chambre, se couche contre son dos, l'entoure de ses bras. Elle ne se réveille pas. Elle a le souffle lourd que provoquent les somnifères. Récemment encore, sa vigilance de pharmacienne l'aurait alertée. Il se demande si c'est Solange ou sœur Célestine qui les lui fait avaler, et il leur en veut. Par leur faute, Madeleine s'éloigne, part à la dérive.

Dans la journée, Solange, l'aide-soignante, la surveille constamment. Elle la suit des yeux dans les couloirs, entre dans sa chambre, ressort en laissant sa porte grande ouverte. Ce jeudi-là, elle doit s'absenter et emmène la vieille dame chez René. Il feuillette avec elle le *Journal de Saône-et-Loire*, lui lit la météo de son village, qui n'est jamais exactement la même qu'à Dijon, même s'il n'est qu'à soixante kilomètres à vol d'oiseau. Il jette un coup d'œil aux photos, survole les légendes.

Soudain, son œil est arrêté par un titre, *Navilly, Préparatifs du Bal du 14 juillet*. Ces mots si simples réveillent en lui une étrange impression. Et si c'était ça, le bal des moissons où Madeleine a attendu son fiancé jusqu'au matin. Il lui met l'article sous les yeux mais elle ne réagit pas, comme si elle ne savait plus lire. Il lui montre le nom de Navilly, les photos du pont en travaux et la piste de danse qu'on installe un peu plus loin. Elle ne répond pas. Ces derniers temps, il lui arrive de plus en plus souvent de perdre le fil, de s'arrêter au milieu d'une phrase. Si on veut la lui faire répéter, elle en dit une autre. Le 16 juillet, elle doit passer une nouvelle IRM, qui ne servira à rien, qu'à faire progresser la science, et encore. Elle ne supportera pas le vacarme de l'appareil, ces marteaux-piqueurs résonnant dans sa tête comme sur un chantier de démolition. Il ne faut pas qu'elle aille à ce rendez-vous. Voilà où il faut l'emmener, au bal des moissons, après-demain, le 14 juillet, à Navilly. Danser la dernière danse avec elle. Mais il ne lui en parle pas encore, elle n'est plus capable de garder un secret.

Absorbé par ces pensées, il ne voit pas qu'elle a grimpé sur un fauteuil, et tente d'attraper, en haut de la bibliothèque, le grand dossier blanc. Il se retourne et crie non, n'y touche pas. Trop tard, le carton bascule, frôle la tête de Madeleine, et éclate en heurtant le sol. Debout sur son siège, elle contemple le désastre, figée, les deux mains plaquées contre sa bouche. Presque aussitôt, Solange ouvre la porte, est-ce que quelqu'un est tombé ? Non, répond René, juste un dossier. Elle aide Madeleine à descendre, regardez ce que vous avez fait, madame Balland, la jolie boîte à musique en miettes, et toutes ces enveloppes, mon Dieu, il y a en a plus de cent. Elle en ramasse une, que René se dépêche de lui prendre des mains avant qu'elle n'ait pu lire l'adresse. Laissez, je vais me débrouiller. Elle hésite un instant et sort avec Madeleine.

Tu as dit que personne n'était tombé. Ce n'est pas vrai. Ta petite est tombée, ta mieux-aimée. Il contemple le sol jonché d'enveloppes par avion, fermées et timbrées, avec l'adresse écrite au stylo bleu, toujours la même, *Miss Nadège Loriot, Thule Scientific Base, Postbox 12, 3971 Qaanaaq, Kalaallit Nunaat, Groenland.* Et au milieu d'elles, les fragments d'une boîte à musique en chêne verni. La chute a déclenché son mécanisme, et René regarde la minuscule poupée achever de tourner sur les notes, ralenties et discordantes, de l'air de la Fée Dragée de *Casse-Noisette.* Une partie de sa vie vient de prendre fin.

La nuit suivante, un hurlement le réveille. Souvent, on entend des cris à la Maison de l'Espérance. Les vieux, même dans leur sommeil, se lamentent, appellent au secours, et leurs voix se répercutent le long des ailes du bâtiment. Mais cette fois, ce n'est pas la voix d'un vieillard. Sa force déchire l'obscurité, ébranle chaque mur du bâtiment.

C'est Célestine. Il en est sûr. Ça vient du deuxième étage. Le son enfle, ondule et se décline en sanglots, si longs que René a le temps de sortir de sa chambre et de s'élancer dans l'escalier avant qu'elle ne reprenne son souffle. La porte de la sœur est ouverte. Au début, dans la pénombre, il ne la voit pas. Trois vieilles femmes sont penchées au centre de la pièce, et il ne reconnaît pas tout de suite sœur Marie-Josèphe et les deux autres religieuses, en longues robes de chambre bleues. Elles s'inclinent et se redressent en un étrange ballet, s'efforçant de relever, comme une marionnette, Célestine assise par terre, en chemise de nuit. Elle ne hurle plus, elle pleure et parle à la fois, et les autres accompagnent sa lamentation, deux d'entre elles récitant en décalé *Je te salue Marie*, et la troisième prononçant des paroles consolantes, du ton dont on parle à un enfant qui s'est fait mal. Il finit par comprendre les mots à travers ses sanglots, pas elle, pas elle, pas Angélique, ce n'est pas vrai. Son téléphone portable est resté au sol.

Sœur Marie-Josèphe se tourne vers René en rapprochant les revers de sa robe de chambre, ce qui lui rappelle qu'il est un homme. Retournez vous coucher, monsieur Loriot, on va s'occuper d'elle, mais au contraire il s'approche. Célestine est maintenant assise au bord du lit, elle fait non de la tête, laissez-moi, laissez-moi tous, vous ne pouvez plus rien pour elle, elle va mourir, elle se vide de son sang, personne n'y peut rien. Une des sœurs lui couvre les épaules d'une robe de chambre identique à la sienne. Nous sommes entre les mains de Dieu, Célestine, il faut espérer, prier, le Seigneur saura vous écouter, il est bon.

La sœur se redresse et le vêtement tombe derrière elle. Non. Vous vous trompez, il n'est pas bon. Sœur Marie-Josèphe se signe, pardonnez-lui, Seigneur, elle ne sait pas ce qu'elle dit. Allez-vous-en, je vous en supplie, laissez-moi seule.

Célestine les regarde sortir. Sans habits et sans voiles, ce ne sont que de vieilles femmes, aussi impuissantes, aussi vulnérables que les pensionnaires de la Maison. M. Loriot les suit. Enfin, elle est seule avec Angélique. Sa petite sœur n'est plus auprès d'elle, comme il y a quelques jours. Elle est couchée, très loin, dans une maternité de Bobo-Dioulasso, parmi d'autres femmes qui souffrent. Elle a perdu conscience. Goutte après goutte, elle se vide de son sang. Son visage est si pâle qu'il est devenu gris. Il lui faudrait une transfusion, tout coûte cher là-bas, le sang, le sérum, le cathéter et les antibiotiques, même les gants médicaux. Tout se paie pour avoir la vie sauve. Ses frères n'ont pas les moyens. Célestine gémit.

On frappe doucement à la porte. René passe la tête, comme s'il avait oublié quelque chose. Il hésite à parler, avale sa salive. Je ne vous l'ai jamais raconté, ma sœur, mais il y a longtemps, il est arrivé la même chose à Giselle, et elle a survécu. Qui est Giselle ? Ma femme.

C'est la première fois qu'il lui parle d'elle. Il approche la chaise du lit, s'assoit en face de la sœur et lui prend les mains. Quand Giselle était encore jeune, une hémorragie avait failli l'emporter. On lui avait fait une anesthésie générale, et il avait eu peur qu'elle ne se réveille pas. Il n'avait pas le droit d'être auprès d'elle, et il était resté toute la nuit devant sa porte. Et puis ils l'ont sauvée, elle a retrouvé la santé, elle a vécu encore de longues années. Il faut faire confiance à la médecine. Oui, répond Célestine, en France, on a de quoi. René hoche la tête, c'est vrai, seulement c'était il y a cinquante ans, on fait mieux aujourd'hui au Burkina qu'en France à l'époque. Là-bas, ils ont aussi des poches de sang et des antibiotiques. Elle le trouve si touchant qu'elle ne le contredit pas.

Mais pourquoi votre femme a-t-elle fait une hémorragie ? Le vieil homme ne répond pas, il demande simplement, et l'enfant ? Célestine n'y pensait plus. L'enfant est en bonne santé. M. Loriot sourit, comme si cela pouvait racheter la mort d'Angélique. Célestine se rappelle sa mère enterrée avec le petit frère, dans le même cercueil. Elle avait pensé, en ce temps-là, que c'était bien fait pour lui. Elle avait treize ans. Depuis, Jésus lui a inspiré des pensées plus charitables.

René va chercher, près de l'armoire, le tambour de Célestine et le lui met entre les mains. C'est le *n'tama* parleur de pluie de sa grand-mère griote. Les femmes s'en servent pour chanter et conter, et elle en a parfois joué pour accompagner la messe, les jours de fête, à la Maison de l'Espérance. Machinalement, elle le place sous son bras gauche et le caresse de sa paume droite pour réchauffer la peau de chèvre. L'instrument rend une sorte de souffle, un soupir très doux. Le vieil homme se racle la gorge et se met à chanter tout bas, *Sindi, sindi, biiga,* une berceuse que Célestine tient de sa mère, et qu'elle a une fois chantée devant lui. Elle s'étonne qu'il l'ait retenue sans savoir le mooré. *Tais-toi, tais-toi, bébé.* Peu à peu, elle retrouve le geste. Sa main droite nue frappe la membrane en alternance avec la baguette courbe qu'elle tient dans la main gauche. Les coups graves et assourdis de la paume dialoguent avec les claquements aigus de la mailloche, comme la tristesse avec l'espoir. Le rythme s'accélère, le son atteint sa plénitude. Marie-Céleste Ouédraogo renoue avec l'adolescente résolue, assez forte pour faire face à l'adversité.

D'un coup, elle cesse de jouer et se lève. Assez chanté, assez parlé, le temps des palabres est terminé. La prière ne suffit pas. Il faut des actes, il faut des billets pour les médecins. Je vais partir. J'aurai de l'argent pour les convaincre, et mon habit pour leur en imposer. Si je prends le train pour Paris ce matin, dès demain soir, je serai à Bobo-Dioulasso. Il faut qu'Angélique tienne jusque-là. René pose la main sur la main droite de la sœur, celle qui a touché le tambour. Elle tiendra, Célestine. Vous verrez, elle vous attendra.

René est assis à sa table, devant une feuille blanche. Il sait depuis longtemps ce qu'il a à écrire. Il ne parlera ni du temps qu'il fait, ni du menu du déjeuner, ni des fleurs du jardin. Parce que cette lettre sera la dernière. Il hésite quand même sur le début, *Ma chère Nadège*, ou *Mieux-Aimée*, ou encore *Ma petite Poucette*, parce que quand elle est venue au monde, elle était toute petite.

Il n'aurait pas dû quitter l'hôpital, cette nuit du 6 août 62. Vous pouvez aller dormir, monsieur, il ne se passera rien avant le matin. Tant qu'il restait dans le couloir, il avait l'impression de servir à quelque chose, de les protéger à travers la cloison, elle et l'enfant. En s'en allant, il les abandonnait.

Au rez-de-chaussée, il a senti le sol de la salle d'attente vibrer sous ses pieds. Une cinquantaine de personnes, des hommes en gilet noir sur des chemises blanches, et des femmes coiffées d'un foulard, formaient deux cercles et se tenaient tous par la main. Ils étaient si nombreux que certains partageaient un siège. Leurs yeux étaient baissés, leurs visages recueillis, et de leurs bouches presque fermées s'élevait un chant assourdi. La secrétaire de l'accueil s'est penchée vers René, c'est des camps-volants, des Manouches, on opère un de leurs gamins, ça fait trois heures qu'ils prient.

Il était deux heures du matin, et tout le clan était là. Comment l'enfant aurait-il pu mourir, s'ils avaient tant de force pour l'aimer ? Et toi, mon pauvre ami, où est ton clan, qui prie pour ton petit ? Il aurait voulu entrer dans le cercle des hommes, se réchauffer à leur ferveur, lui, l'incroyant, pour que leurs prières sauvent aussi le bébé. En s'éloignant dans la nuit par la rue de Soissons, il fermait les poings, comme s'il s'agrippait aux mains des Manouches.

René a allumé toutes les lampes, mis la radio à fond pour ne pas s'endormir, et s'est assis dans le salon. Si Giselle avait été là, elle aurait ouvert la fenêtre pour chasser la fumée des cigarettes, mais lui, il aimait voir l'avenir à travers ce brouillard, cette incertitude.

Il n'avait pas dîné. Il a ouvert le bocal de griottes à l'eau-de-vie. La radio a annoncé que Marilyn Monroe s'était suicidée en avalant des barbituriques, et que Nelson Mandela avait été arrêté. C'était curieux comme les griottes rouge vif et brillantes brunissaient et se fripaient dans l'alcool, on aurait dit des organes dans du formol. Il s'efforçait de cracher les noyaux dans le cendrier, et en envoyait de plus en plus sur le tapis.

Mandela emprisonné, Marilyn empoisonnée, pourquoi tant de malheurs en un seul jour ? Quelque part dans le monde, un homme noir et une femme blonde partageaient une même cellule. Affalé dans son fauteuil, René s'est touché le ventre. La veille encore, sa main sur la robe de Giselle avait senti de petits coups. Un pied ou un poing minuscule lui parlait.

Si les Manouches priaient pour Nelson Monroe, il serait sauvé. René avait failli s'endormir, il a ouvert la croisée pour que l'air frais le réveille. Au-dessous, les pavés de la rue des Godrans, sous la lumière rasante d'un réverbère, ressemblaient à une couverture piquée garnie de duvet. Il s'est penché, un peu trop, juste pour imaginer quel effet ça pouvait faire. Son père avait dû s'y reprendre à deux fois. Il a craché quelques noyaux, les a écoutés tomber sur les pavés, puis a refermé la fenêtre.

Le lendemain matin, à l'hôpital, il a rencontré la sage-femme. Elle traversait le couloir, tenant dans ses bras un petit paquet enveloppé de batiste blanche, un joli drap vénitien brodé, *Sogni d'oro*. Il était entièrement fermé, comme un cocon. Sans sourire, la femme a prononcé quatre mots brefs, mais si chargés qu'ils ont mis du temps pour l'atteindre. *C'était une fille.* Cette annonce faisait de lui un père, un père orphelin. Sur le côté, le tissu portait une légère tache rouge, pareil à la trace d'une aile.

René n'a rien écrit encore. Il hésite entre les formules, même celles, trop sentimentales, que d'ordinaire il s'interdit pour ne pas agacer sa fille. Puisque c'est la dernière lettre, il se les permet toutes.

Nadège, ma toute belle,
mon bel ange,
ma mésange,

mon manège à moi, ma neige,
Nadejda, mon Espérance,
ma petite, ma Poucette,
ma Nada, surgie de rien.

Ce qu'il lui raconte ensuite, elle le sait déjà. À sa naissance, elle était toute petite, si petite qu'ils n'ont pu ni la voir, ni la toucher, ni l'habiller, ni lui donner de nom. Deux semaines plus tard, elle aurait eu droit à tout cela, et à une petite tombe blanche, mais elle est née trop tôt, ou morte trop tôt, ce qui revient au même. Ils n'ont pas su ce qui s'était passé, peut-être qu'elle s'était noyée dans le ventre de sa mère, si une chose pareille est possible.

À sa sortie de la clinique, Giselle a repris son travail comme si de rien n'était. Pourquoi aurait-elle eu droit à un congé, elle n'était pas mère. Devant les clients, elle était égale à elle-même, présente, souriante. Mais quand la boutique était vide, elle restait assise derrière le comptoir, à remonter machinalement une boîte à musique. C'était un jouet allemand, un coffret rectangulaire de chêne verni qui contenait une ravissante petite poupée tournant sur l'air de la Fée Dragée de *Casse-Noisette*. Dès que le mouvement ralentissait, Giselle donnait un tour de clé pour la remettre en marche.

Pendant plusieurs semaines, elle ne s'est plus nourrie que de lait. Les berlingots vides s'entassaient sur la table de la cuisine. Son ventre a continué de grossir. Elle ne ressemblait plus à une tourterelle, mais à une gélinotte. Ces épaisseurs formaient un rempart, on ne pouvait plus la toucher. Au bout de quelques mois, René s'en irait voir des dames. L'idée d'avoir un autre enfant ne les avait pas effleurés.

Giselle avait prévu d'appeler sa fille Sylvie. Elle la voyait sans doute flotter dans les limbes, comme tous les enfants morts sans baptême. Pour lui, c'était Nadège et il l'imaginait vivant à ses côtés. Il descendait la nuit dans la boutique, et la voyait, en chemise de nuit, éperonnant un cheval à bascule. Quand il allait, le dimanche, entretenir la maison de garde-barrière, elle était là, marchant en équilibre sur un rail. Avec Giselle, ils n'en parlaient jamais. Chacun d'eux avait sa fille, l'enfant idéal dont rêvent tous les parents, et elle les comblait. On peut dire qu'ils vécurent heureux, oui, ils vieillirent heureux au milieu des jouets.

Habitué au ventre gonflé de Giselle, René n'y prêtait plus attention, jusqu'à ce qu'il lui saute aux yeux, vers la fin. Quand il l'a vue couchée, amaigrie, avec cette boule saillant sous le drap, il a compris qu'elle était restée enceinte toute sa vie. Ce n'était pas un cancer, c'était sa fille qui la mangeait de l'intérieur comme un nourrisson insatiable. Il a pensé à ce fœtus de pierre découvert, paraît-il, dans le ventre d'une vieille Chinoise. Aucune césarienne ne pourrait délivrer Giselle de son enfant fossile.

René a apporté à l'hôpital sa plus jolie robe, celle des grandes occasions. Il voulait poser près d'elle la boîte à musique à la poupée, mais elle ne tenait pas dans le cercueil. Pendant que le prêtre balançait l'encensoir, il cherchait des yeux, sur le côté de la grande boîte de chêne verni dans laquelle on avait couchée Giselle, une clé à remonter, qui déclencherait le mécanisme et la remettrait en mouvement.

Le grand circuit ferroviaire de L'Oiseau bleu, c'est pour Nadège qu'il l'avait fabriqué. Il avait fignolé chaque détail en pensant à elle, une perruche dans la cage portée par une voyageuse, dans les salons des lustres minuscules s'allumant pour de vrai. C'était un petit monde parfait, où la mort n'existait plus. Il lui avait évité tous les dangers, il avait aplani le sol devant ses premiers pas, elle n'avait jamais eu ni varicelle, ni acné juvénile, ni chagrin d'amour.

Il aurait aimé la retenir auprès de lui. Mais elle avait d'autres ambitions, le goût de la science et de l'aventure, des audaces comme son père n'en aurait jamais eues. Elle a traversé l'océan à dos d'hirondelle, pour aller s'installer aux confins des terres habitées, dans le nord du Groenland, sa banquise infinie, ses aurores boréales et ses strates de glace. René a lu, dans un magazine, un reportage sur la base scientifique de Thulé, et il en a soigneusement recopié l'adresse pour la lui donner.

S'il avait le talent de sœur Célestine, il trouverait une histoire pour aider Nadège à passer le pont. Un conte russe, par exemple, celui de Snegourothcka, la fillette de neige que se fabriquent deux petits vieux en mal d'enfant, qui s'étiole aux beaux jours, et disparaît en dansant autour d'un feu de la Saint-Jean. Mais à Thulé, l'hiver est éternel, il n'y a ni redoux ni feux de joie. Tout ce que peut faire René, c'est imaginer pour sa fille les disparitions les plus douces, et ne pas choisir. L'incertitude atténue la souffrance. *Tu pourrais t'aventurer en mission loin de ta base et t'effacer lentement dans le brouillard. Contempler une aurore boréale et laisser le blizzard te figer en statue de givre. Ou partir en plongée sous la banquise et descendre au fond de l'eau glacée qui endort toutes les douleurs. Sombrer dans le néant, comme si tu n'avais jamais existé.*

Il glisse sa lettre dans une enveloppe, écrit l'adresse, colle le timbre, la fourre dans un grand sac en papier, avec toutes les précédentes, échappées du dossier blanc, et les débris de la boîte à musique.

Dans les couloirs et le hall, il ne croise personne. Célestine est partie tôt ce matin et tout est désorganisé. Tant mieux. Il descend entre les arbres du jardin, sourit à l'endroit précis de sa première rencontre avec Madeleine. La surprise de son étreinte. Il y a seulement trois semaines, mais c'était dans une autre vie.

Foulant l'herbe humide, il suit la pente jusqu'au ruisseau dont il ne connaît pas le nom. Peut-être qu'il n'en a pas. Une par une, les lettres s'éloignent dans l'eau noire comme de l'encre où se reflète le ciel sans étoiles. Les petits bateaux de papier vont descendre le ruisseau jusqu'à l'Ouche, rejoindront la Saône, le Rhône, puis la mer. Quand toutes les enveloppes ont disparu, René vide le sac au-dessus de la rive, et regarde flotter les fragments de la boîte à musique. La poupée tourne sur son socle, tangue comme un voilier dans le vent. Elle ne sombre pas. Intrépide, toujours. Pour ce voyage-là, elle n'aura plus besoin de lui.

L'avion vole dans l'éclat du soleil, au-dessus des nuages. Quand Célestine l'a pris dans l'autre sens, il y a quatre ans, ces rayons lui sont apparus comme la présence de Dieu. Elle n'avait jamais rien vu d'aussi beau. Elle était la petite princesse que ses onze frères cygnes transportent au-dessus des océans. Désormais, elle ne croit plus aux contes de fées. Elle ne croit plus à rien.

Pourtant, elle prie. L'habitude, peut-être. Seigneur, fais que mon Angélique ne meure pas avant mon arrivée. Encore une nuit et un jour, demain soir elle y sera. Elle sait bien que la prière ne suffit pas. Dès qu'elle aura atterri, elle agira. En attendant, elle concentre toutes ses forces sur la vie de sa sœur, pour retenir l'hémorragie. Le sang que versent les femmes, encore et toujours. C'est pour ça qu'elle a pris l'habit. Pour servir le Christ, bien sûr, mais aussi pour échapper au sort de sa grand-mère et de sa mère, obéir, travailler, porter, accoucher, accoucher encore, à en mourir.

Elle a choisi Jésus comme un meilleur mari, plus aimant, plus aimable. Et voilà que le doute l'assaille. Au fond, est-il vraiment meilleur qu'un autre ? Plus d'une fois, il l'a mise à l'épreuve. Elle l'a prévenu, Seigneur, au prochain coup ce sera la rupture. Et là, il y est allé trop fort. Tant pis pour sa mission, son vœu d'obéissance. Elle quitte la Maison, l'Espérance est ailleurs. En Afrique. Dans une maternité de Bobo-Dioulasso, au chevet d'une jeune accouchée dont le teint pâlit d'heure en heure. C'est ici qu'on a besoin de Célestine.

Par le hublot, les rayons du couchant brillent tout autant qu'il y a quatre ans, mais le ciel est vide. Elle cherche parmi les nuages une réponse, un signe, Notre-Père qui étais aux Cieux, où es-tu maintenant ? Marie-Céleste, ne reste pas comme une idiote, à attendre. On dirait une femme battue qui a quitté le foyer conjugal et qui espère que son mari va la rappeler et lui demander pardon.

Déjà, quand elle avait appris comment son grand-père, le tirailleur sénégalais, était mort, elle avait douté du Tout-Puissant. Comment as-tu permis que des hommes traitent ainsi d'autres hommes ? Car Célestine sait exactement ce qui s'est passé, elle voit et sent dans sa chair l'assassinat de Célestin Ouédraogo sur le pont de Navilly.

Ils l'ont relâché pour le traquer tel un cerf aux abois. Les uns à cheval, d'autres à pied, ils prenaient leur temps, autant pour le fatiguer que pour profiter de l'occasion, car il était leur seul prisonnier. Ils lui ont laissé un peu d'avance, et ils tiraient exprès à côté, pour le voir sursauter à chaque coup de feu. Le pire, c'était les injures. Les veneurs n'insultent pas leur proie. Lui, ils le traitaient de bête, de sauvage, d'anthropophage, d'*Untermensch*, ils lui promettaient de trouer sa sale peau de Nègre, et sans savoir l'allemand il comprenait tout. Il courait tant qu'il pouvait, tant qu'il n'était pas touché, espérant trouver quelque part un refuge. Et il leur répondait, car il était d'une lignée de griots et connaissait l'art de l'invective et de l'imprécation. Il les traitait d'hyènes assoiffées de sang et de lâches fils de chien, qui déloyalement s'en prenaient à un homme seul et désarmé, au lieu de l'affronter face à face, d'égal à égal.

Quand une première balle lui a atteint le bras, il n'a pas ralenti. Mais en voyant le pont devant lui, il a su qu'il était perdu. Sur ce chemin étroit, il serait à découvert, à leur merci. Par une ultime bravade, il s'est jeté vers le parapet et a sauté. Il leur a fallu plusieurs balles pour l'achever d'en haut, et ils riaient de voir l'eau rougir autour de lui. Juste avant de couler, il les maudissait encore. Il n'est pas mort entre leurs mains. C'est la rivière qui l'a fait taire en inondant ses poumons. Sa dernière pensée a dû être pour le tout petit garçon que sa femme portait encore sur son dos, et qui deviendrait un jour maître d'école.

Ils l'ont ramené sur la grève pour se prendre en photo, comme des chasseurs posent le pied sur la dépouille d'un lion vaincu. Sa plaque d'identité lui a été retirée, les bêtes n'ont pas besoin d'un nom. Ils lui avaient déjà pris son coupe-coupe. Puis ils l'ont abandonné sur la rive, en interdisant qu'on l'enterre et qu'on lui rende les honneurs. Pourtant, la nuit, les indigènes ont bravé l'arrêté pour lui creuser une tombe. La photo a dû finir dans une grande demeure de Thuringe, aux environs d'Erfurt, chez une vieille famille fière de ses traditions de vénerie, encadrée au mur du salon parmi des massacres de cerfs, des pattes repliées de chevreuil et d'autres nobles trophées de chasse.

Avec ses escales à Casablanca et à Ouagadougou, le voyage n'en finit pas. Célestine compte les heures d'une nuit et d'un jour. Quand, à la fin de l'après-midi, le troisième avion amorce enfin sa descente vers Bobo-Dioulasso, elle contemple la terre, sa terre, la région des Hauts-Bassins. Les lits des rivières dessinent sur sa surface brune un fin réseau de veines presque taries. Bientôt, on aperçoit les premières maisons de la ville, formant un damier, et la silhouette superbe de la vieille mosquée avec ses minarets hérissés de pieux, comme un immense figuier de barbarie.

Seigneur, fais que j'arrive à temps pour ramener ma petite sœur vers la vie. Célestine sait bien que, tant qu'elle parle à Dieu c'est qu'il n'a pas complètement disparu de son ciel. Il se cache, un peu honteux de ce qu'il a fait. À lui d'apporter la preuve de sa bonne volonté. Qu'il sauve Angélique, elle ne lui demandera rien d'autre. Tout le reste lui sera pardonné. Mais elle ne transigera pas. Elle a posé ses conditions.

XI

DANS LA CHAMBRE D'ENFANTS

Rien ne se passera comme prévu. René a pourtant préparé ce départ avec le plus grand soin. Il a programmé l'itinéraire, s'est procuré de l'argent liquide, a réservé la meilleure table à l'hôtel de Navilly et une chambre pour la nuit. Dans une petite valise, il a mis son pilulier, leurs pyjamas, des vêtements de rechange, les trousses de toilette, une bouteille d'eau et des biscuits. Mais l'inattendu va déjouer ses plans.

Les aides-soignantes fument devant la porte donnant sur le jardin, tiens, monsieur Loriot, ça faisait longtemps. Sans attendre que Solange la lui offre, il demande une cigarette. Vous savez bien que vous avez pas le droit. Il hausse les épaules, à mon âge, il faut bien mourir de quelque chose. Elle lui en tend une, il aspire une première bouffée et la tête lui tourne, comme si c'était la première fois. Elle lui fait cadeau du paquet à peine entamé, et il le glisse dans sa poche. Attention, monsieur Loriot, pas dans votre chambre, sœur Marie-Josèphe l'apprendrait. Si elles savaient ce qu'il prépare…

Il met sa chemise blanche, sa veste à rayures, aide Madeleine à enfiler sa plus jolie robe. Elle insiste pour porter ses mules gorge-de-pigeon ornées d'une houppette. Tu danseras mieux avec tes souliers rouges, on est le 14 juillet, on va aller au bal. Elle accepte, à condition d'emporter les pantoufles dans une pochette de toile, sur son dos, par-dessus la bandoulière de son sac.

Les visiteurs sont si nombreux que personne ne semble remarquer leur sortie. René n'avait pas pensé au jour férié, et ils doivent attendre le bus vingt longues minutes, réfugiés derrière l'abri pour ne pas être vus depuis la Maison. Peine perdue. Un petit groupe de pensionnaires se forme à une fenêtre du premier et les observe. Un vieux pose un doigt sur sa bouche, deux femmes agitent discrètement la main pour leur souhaiter bon voyage. René devine qu'ils ne les trahiront pas. Leurs geste signifient allez-y, sauvez-vous, réinventez l'amour.

La gare a été transformée et René a du mal à trouver un guichet pour acheter les billets. La file est longue, et pas question de resquiller. Quoique. Quand on a déjà volé des pantoufles, on n'est plus à ça près. Il prend Madeleine par la main et l'entraîne vivement vers les voies.

Ils s'accrochent l'un à l'autre pour escalader le marchepied, puis se regardent, tout essoufflés, et rient de soulagement. Ils l'ont eu de justesse. Là, René s'aperçoit qu'il a laissé la valise dans le bus. Il fait un mouvement vers le quai, comme s'il pouvait encore retourner la chercher. Les voilà sans bagage, sans pyjamas ni brosses à dents, sans comprimés pour l'hypertension, sans lainages pour la fraîcheur du soir. Et malgré tout, ils sont partis. Madeleine, insouciante, l'invite à la rejoindre près de la fenêtre. René se laisse tomber sur le siège à côté d'elle, et constate qu'ils sont seuls dans la voiture. Il n'a pas entendu que la liste des gares est bien plus courte qu'autrefois, et que le train ne s'arrête plus à Navilly.

Le roulement du train le ramène vers d'autres voyages. Au compartiment de couchettes du voyage à Venise. À ses premières vacances avec Giselle. Aux trajets dans la cabine de Jacques. À la maison de garde-barrière, qui tremblait au passage de l'autorail. Tous les trains de son existence se réunissent en celui-ci, immobile comme une chambre et mouvant comme un monde. La tête posée sur son épaule, Madeleine lui montre un nuage, deux enfants qui traversent une route, le vol indéchiffrable d'une bande d'étourneaux au-dessus d'un bois.

Peu à peu, il se laisse aller sur son siège. Au fond, la perte de la valise n'est pas si grave. Il a de l'argent sur lui. Ils vont descendre en gare de Navilly, aller dîner, finir la soirée au bal et revenir dormir à l'hôtel.

Il retourne vers son pays. Tant de fois il s'est imaginé ces vieilles maisons à chiens-assis, ces girouettes, ces saules au bord des ruisseaux, comme des amis perdus de vue. Le train traverse Saulon, Longecourt-en-Plaine, Aiserey, franchit la Saône à Saint-Jean-de-Losne, le

Doubs à Seurre, approche de Navilly. Mais il ne ralentit pas, où est la gare, d'ailleurs, elle était là, juste après le passage sous la nationale, est-ce que je deviens fou ? René tire le signal d'alarme et le train s'arrête presque aussitôt. Le conducteur ouvre la porte du poste de conduite, qui a fait ça ? Madeleine lui sourit, c'est bien ici, pour aller au bal ? Aller au bal, répond l'homme, vous plaisantez, on paie des amendes pour ça. René brandit sa carte d'enfant de cheminot, monsieur, vous avez oublié de vous arrêter à Navilly. Le mécanicien se frappe le front, ça fait des années que les trains ne s'y arrêtent plus. Et la gare ? Démolie, elle ne servait plus à rien. René pense à la maison de garde-barrière sur la ligne désaffectée, pourvu qu'on ne l'ait pas détruite sans le prévenir. Le conducteur les aide à descendre sur le ballast, va pour cette fois, mais je vous préviens, c'est la dernière.

Les voilà au milieu de nulle part, entre deux champs, au bord des rails. Ils remontent le talus jusqu'à la nationale. René a beau dire que Navilly est à droite, Madeleine part vers la gauche, vers le soleil couchant. Après tout, pense-t-il, il est trop tôt pour dîner. Ils marchent vers les flammes rayées de bandes pourpres, foulant l'herbe près du fossé. À chaque voiture qui passe, un souffle agite le bas de la robe de Madeleine.

Soudain, son portable sonne dans son sac et elle s'arrête. C'est son fils. Elle hésite à décrocher, renonce. S'éloignant de la route, elle s'assoit sur un tronc couché en lisière d'un bosquet. Je suis fatiguée, j'ai soif, je voudrais rentrer. René pense à la bouteille d'eau restée dans la valise. Dans sa poche, il a le paquet de cigarettes que Solange lui a donné, mais pas de briquet. Madeleine tire de son sac sa boîte d'allumettes. La fumée fait moins d'effet à René que tout à l'heure.

La sonnerie reprend, longuement, plusieurs fois. C'est le fils qui insiste, qui laisse des messages de plus en plus inquiets, *Maman, si tu m'entends, rappelle-moi vite*, puis *Maman, je t'en supplie*, et pour finir, juste *Maman*. Tu entends, fait Madeleine, comme il s'en fait pour moi, mon petit, je devrais le rappeler. René pense à l'IRM prévue lundi. Tu ne veux donc plus aller au bal, Madeleine ? Si, bien sûr.

Elle s'allonge sur le tronc, la tête sur la cuisse de René. Si seulement ils pouvaient appeler sœur Célestine. À cette heure elle doit voler quelque part au-dessus de l'Afrique. Dans le répertoire du portable, René trouve Ninon, et peut-être parce qu'une fois déjà elle les a sauvés, il choisit son numéro. Quand la messagerie se déclenche, ne sachant que dire, il raccroche. Après un *bip*, *batterie faible* s'affiche à l'écran.

Un nouveau coup de fil, c'est Ninon qui rappelle. René parle, hausse le ton, mais elle ne répond pas, on perçoit des frottements, son portable a dû se déclencher dans sa poche. L'un après l'autre, ils essaient de se faire entendre, en vain. Soudain, la voix de la jeune fille retentit clairement dans l'appareil, *allô, allô, Maddie, tu es là ?* Mais au même instant l'écran s'éteint, la batterie est complètement épuisée. Les voilà au milieu de nulle part et il va bientôt faire nuit. La vieille femme ferme le téléphone et le jette au milieu du bosquet.

Sans prévenir, elle s'avance vers la chaussée et lève le pouce pour faire du stop, sans penser qu'ils sont du mauvais côté de la route. Aussitôt, une moto avec side-car s'arrête et le conducteur leur fait signe, venez, les vieux, je vous emmène. Il a un fort accent du Midi. Madeleine se retourne, cherchant à qui il s'adresse. Je crois que c'est à nous, dit René. Elle s'approche, attirée par les chromes de la Harley qui étincellent dans la lumière du soir.

Le motard est loin d'être jeune lui-même, il porte une barbe grise, un foulard noir de pirate et un gilet de cuir brodé des mots *HELLS ANGELS*. Il fait ronfler le moteur, montez, les ancêtres, on a de la route à faire. Madeleine s'y reprend à deux fois pour grimper derrière lui. En fait, tente René, on voudrait aller à Navilly. Moi, fait l'homme, je vais par là, en montrant l'ouest de son bras tatoué. Décide-toi, fossile, sinon j'enlève ta fiancée. Le vieil homme s'agrippe au pare-brise du side-car, parvient à enjamber la carrosserie et à s'asseoir. La tête de Madeleine vacille un instant vers l'arrière quand l'engin démarre.

La moto slalome entre les voitures et les caravanes, à une vitesse impressionnante. Soudain, elle bifurque vers une route secondaire. En voyant le panneau *Ciel, 2 km*, le vieil homme s'aperçoit qu'ils viennent de traverser Meursant. Il fait de grands signes. Le motard freine sur le bas-côté, laissant à René le temps de s'extirper du side-car et d'aider Madeleine à descendre. Alors, les Cro-Magnon, vous voulez me quitter ? Ils partent en courant, tandis que l'homme éclate d'un rire ogresque, faut pas avoir peur, je préfère la chair fraîche.

À mesure qu'ils marchent vers Meursant, René se détend. Il guette la réaction de Madeleine quand elle reconnaîtra le village, l'école, les cours de fermes, et l'auberge qui se dresse bientôt devant eux. Toutes ses fenêtres sont éclairées, des éclats de conversations s'échappent de la salle du restaurant. À l'étage, derrière une vitre où se reflètent les nuages violets, on entrevoit la silhouette immobile, d'une femme ou d'une enfant.

Le scooter roule vers la maternité, slalomant entre les passants et les bicyclettes. Célestine se tient bien fort à l'aîné de ses frères et ce contact remplace l'embrassade dont ils n'ont pas eu le temps à l'aéroport. Elle ferme les yeux pour ne pas être distraite par le spectacle de la ville. Sa pensée ne doit pas quitter la malade une seconde. Elle s'efforce de ne pas entendre les bruits de la rue, les voix qui s'interpellent, de ne pas sentir les odeurs mêlées de cuisine et d'essence. Elle ne veut pas non plus se laisser attendrir par la douce chaleur du début de soirée, le retour au pays natal.

Elle a gardé son habit et son voile. Il faut que ses proches la voient ainsi. Une religieuse a ses entrées auprès du Seigneur, elle sait intercéder pour les malades. Elle doit se montrer forte, solide, maillon d'une chaîne entre Dieu et les hommes. Mais au fond d'elle-même, elle n'est plus sœur Célestine. Elle est redevenue Marie-Céleste Ouédraogo. Elle n'est plus la petite sœur des vieux, la petite sœur des pauvres et de tous ceux qui souffrent. Ni de ses frères noirs. Ni de ses frères de sang. Pour quelques heures, elle ne veut plus rien être que la sœur d'Angélique. C'est pour elle qu'elle est revenue. Elle va la faire transférer de la maternité à l'hôpital, payer l'ambulance, le médecin et tout le nécessaire. Elle a apporté de l'argent.

Elle a tant rêvé de ces retrouvailles. Pendant ses quatre années en France, elle a imaginé son retour pour une grande fête, mariage, baptême ou communion, avec toute la famille élargie, tous les amis. Elle les voyait s'étreindre, s'embrasser, les enfants accrochés aux vêtements des adultes pour se faire une place dans la bousculade, et dans tous les yeux des larmes de joie. Elle a entendu les chants, les n'tamas et les djembés accompagnant les danseurs tard dans la nuit. Ces visions lui ont tenu chaud durant ses années d'exil, surtout quand il neigeait sur la Bourgogne et que le froid tentait de se frayer un chemin jusqu'à son cœur.

Et si la fête n'avait pas lieu. Et si la famille se réunissait pour des funérailles. Il y aurait des embrassades, des chants et des danses, mais ce seraient des chants et des danses de deuil. Et le son des tambours d'eau et des *wama* rythmerait jusqu'au petit matin la lente mélopée de la douleur.

Le scooter freine devant la maternité. Célestine descend vivement du siège et se dirige vers l'entrée. La fête aura lieu, ce sera un baptême, le plus heureux des baptêmes. On célébrera dans l'allégresse la venue au monde de l'enfant et la santé retrouvée de la mère. Pourvu seulement qu'Angélique tienne encore, que ses veines conservent assez de sang, jusqu'à l'instant où sa sœur arrivera au bout de ce couloir et s'approchera de son lit. Si elle vit jusque-là, tout ira bien.

À l'Auberge du Daguet, c'est l'heure du coup de feu. La vaste salle à manger est pleine de convives bruyants, de fumets entremêlées. Le personnel court entre les tables, portant des plateaux chargés et des piles d'assiettes sales. En voyant les massacres d'animaux sur les murs, René se rappelle un conte terrifiant. Un homme retourne dans l'auberge de ses parents sans se faire reconnaître et sa propre mère, le prenant pour un étranger, l'assassine.

Un serveur s'approche et leur demande s'ils ont réservé, parce qu'on est samedi, et en plus le 14 juillet. Le vieil homme montre une table libre, une jolie table pour deux près d'une fenêtre, mais il n'avait pas vu la pancarte posée sur la nappe. Le garçon va parler à une de ses collègues, qui commence par faire non de la tête, puis les regarde et, comme elle a les mains chargées, désigne du menton une toute petite table, presque un guéridon, dans le passage vers la cuisine. Leur grand âge, sans doute, a plaidé pour eux.

Chaque fois que s'ouvrent les portes battantes, René aperçoit les cuisiniers qui s'activent parmi des heurts de casseroles et de fouets. Par intervalles, une haute flamme jaillit d'une poêle qu'on agite et se reflète sur la crédence de métal. Madeleine est mieux placée que lui pour voir la salle à manger, est-ce qu'elle la reconnaît ? Aux murs, de vieux outils de forgerons soigneusement cirés alternent avec des têtes de cervidés. Au-dessus de leur table, une biche semble les surveiller.

On pose entre eux un photophore, qui jette sur leurs mains une lumière ambrée et mouvante. Leur commande est longue à arriver, les clients de la table réservée ne sont toujours pas là, et René songe qu'au restaurant de Navilly une autre table vide les attend. Il lit sur le menu *Auberge de Daguet, Claude Prince, propriétaire*. Est-ce un parent de Max, de sa famille misérable ? Il fait signe au garçon, est-ce que le patron est là ? Le jeune homme désigne la serveuse qui les a installés. Le patron, c'est elle.

René n'avait pas pensé que ce pouvait être une femme. Elle va et vient, plaisante avec des clients qui doivent être des habitués. Il ne voit plus qu'elle. Elle a une quarantaine d'années, une beauté généreuse, majestueuse, même. C'est peut-être son port de tête, ou le mouvement de ses cheveux cuivrés quand elle rit. Quel rapport peut-elle avoir avec la famille Prince ? Il lui trouve quelque chose d'intimidant. Vous voulez lui parler, monsieur ? Non, non, ne la dérangez pas.

Enfin, on les sert. Le repas fait renaître sur leurs papilles des sensations évanouies. Quelle importance si la table est dans le courant d'air et si le service les frôle à chaque passage ? Ils savourent, se sourient, échangent des bouchées pour goûter à tout, s'émerveillent. De la vraie crème dans la sauce aux girolles, la peau croustillante du perdreau rôti, la chair fondante du râble de lièvre, le beurre frais dans la tarte, dont Madeleine picore les mirabelles avec ses doigts, et un vosne-romanée 2006. René en a les larmes aux yeux. Son assiette contient du cholestérol pour six mois et du bonheur pour cent ans. Ils ne se disent presque rien. De temps en temps, Madeleine rappelle qu'ils doivent aller au bal.

En se penchant pour ramasser sa serviette, elle ne se relève pas. René, inquiet, jette un coup d'œil sous la table. Elle a l'index tendu vers le sol, tu vois, là, les croix gammées ? Les vieux carreaux de ciment sont décorés d'une grecque qui, dans les angles, évoque vaguement un svastika. C'est pour ça, continue Madeleine, que les Allemands se croient chez eux ici. Enfin, pense René, elle reconnaît son auberge.

Elle s'éloigne, les yeux baissés, comme si elle suivait une trace. Au milieu de la salle, elle s'arrête, montre à nouveau les pavés. La patronne, qui veut passer avec une pile d'assiettes, s'impatiente, vous cherchez quelque chose, madame ? Je cherche l'eau rouge du lieutenant et de Léopold. La femme s'en va sans paraître l'avoir entendue.

Madeleine continue vers le fond de la pièce. René demande l'addition. En voyant la somme, il s'affole, il est loin d'avoir assez d'argent sur lui. C'est la bouteille, explique le serveur, il a mal lu le prix. Un chèque, monsieur, une carte bleue ? Non. Quand la patronne s'approche, il est au bord du malaise.

Une main posée sur son épaule, elle s'assoit sur la chaise de Madeleine et le regarde dans les yeux, l'air sévère. Mais au lieu de reproches, elle dit seulement votre femme a parlé de Léopold, tout à l'heure. René ne répond pas, troublé par cette présence, ce contact, par la beauté de cette femme qui le fascine, et surtout par l'odeur étrange, très douce, qui émane de son décolleté laiteux, semé de taches de rousseur. Sans attendre, elle poursuit, c'était le frère jumeau de mon père. Votre père, c'est Théodore Prince ? Oui, c'était Théodore Prince. *C'était,* pense le vieil homme, Théo est donc mort aussi, comme Léo et comme Max. Tous mes frères sont morts.

C'est Maximilien, surtout, que nous avons connu. Le *nous* lui est venu spontanément, ce garçon lui est si proche. Il lui semble s'avancer sur une planche instable de la maison inondée, il suffirait d'une question pour révéler ses mensonges et le faire basculer. Car c'est Madeleine qui est entrée dans la masure au bord de l'eau, qui a vu le lustre féerique au milieu de la misère. Il l'aperçoit, de loin, en grande conversation avec une tête de cerf.

Claude retire sa main de l'épaule de René. Je suis née trop tard pour connaître mes oncles, mais je me souviens bien de ma grand-mère, Mme Prince. Quand mon père a racheté l'auberge, en 53, il pleuvait à travers le toit, plus personne n'y venait, que les voyageurs égarés. Il a remis les tuiles en place, tout réparé, tout, sept ans à travailler comme un damné. Elle montre fièrement la salle, tout ça, il l'a fait pour sa mère. Il voulait qu'elle finisse sa vie dans un fauteuil de velours, dans un lit de plume pour elle toute seule, et qu'on enterre ensuite son cercueil capitonné de satin dans la plus belle tombe du cimetière.

Elle n'a pas dit la Guite, ni Marguerite, mais Mme Prince. Ce n'est plus la pauvre rinceuse de linge, ni la faiseuse d'anges, ni la traînée qui, à la brune, retrouvait des hommes au lavoir. C'est une dame. La patronne de l'auberge où ni elle ni ses fils n'avaient le droit d'entrer. Claude sourit, je sais ce qu'on disait d'elle dans le village, trois fils, trois pères différents, oui, même les jumeaux il paraît que c'est possible, si une femme reçoit deux amants le même jour. On le disait, et c'était vrai. Ma grand-mère était libre. Elle aimait trop les hommes pour en choisir un seul et en faire son maître.

Mon père a racheté cette maison. En vérité, elle lui appartenait déjà. Le sang de son frère jumeau s'est répandu dans le sol de la cave. Il a gagné les fondations, il est remonté par les murs, jusqu'aux tuiles faîtières. Tant que notre famille l'habitera, elle sera indestructible.

Claude Prince repousse le portefeuille de René, laissez, vous êtes mes invités. Au regard qu'elle lui lance, il comprend qu'il n'y a rien à dire. Elle a les yeux que les frères Prince tenaient de leur mère, les yeux de loup qui avaient fait céder le maire du village quand Max brandissait le billet de tombola. Il voudrait que Madeleine revienne du bout de la salle, qu'elle reconnaisse sur ce visage les yeux de son amour perdu. Mais Claude Prince a déjà disparu dans la cuisine, sans laisser à René le temps de la remercier.

À la réception de l'auberge, René croit d'abord qu'il n'y a personne. En s'approchant du comptoir, il aperçoit, derrière, un petit garçon occupé à dessiner. Les bruits de la salle toute proche ne semblent pas l'atteindre. Au bout d'un moment, il lève les yeux sans sourire, vous voulez une chambre pour dormir ? Madeleine répond oui. Alors, leur faisant signe de le suivre, il s'engage dans l'escalier. Que c'est étrange, pense René, on dirait que l'hôtel est tenu par des enfants.

À l'étage, il pousse une porte marquée *PRIVÉ* et les précède dans une vaste chambre où des bambins de tous âges, calmes comme sont les petits lorsqu'il se fait tard, dorment, lisent, dessinent, ou simplement écoutent résonner les voix des convives, mêlés au son d'une flûte qui joue une chanson douce. Quelques-uns sont déguisés, ils portent une couronne ou des ailes d'ange accrochées dans le dos. Certains ont la peau sombre, d'autres claire, et pourtant tous ont un air de famille, et à leur sérénité on comprend qu'ils sont chez eux. Peut-être sont-ils la descendance mêlée de Claude Prince, une femme libre, comme sa grand-mère.

La chambre communique avec une autre, d'où vient la musique. Une grande fille, tournée vers la fenêtre, joue de vieilles rondes et des chansons sur un pipeau. C'est elle qu'ils ont aperçue du dehors en arrivant. Vêtue d'une cape de taffetas changeant, elle guette quelque chose du côté de la rivière. Quelques enfants se tiennent immobiles derrière elle, assis ou étendus sur le lit. Madeleine s'allonge parmi eux, et ils se poussent un peu pour lui faire une place, comme à un membre de la maisonnée. Aussitôt, elle s'endort.

René revient dans la première pièce et s'assoit dans un fauteuil. L'un des petits s'approche, lui tend un livre et grimpe sur ses genoux. Ses cheveux duveteux lui rappellent celui qu'il avait pris dans ses bras le soir de Noël, à l'orphelinat. Il sent passer sur lui la chaleur de l'enfant, son souffle paisible. À voix basse, pour ne pas couvrir le son de la flûte, ou pour ne pas dissiper son rêve, il lit l'histoire de jouets qui, la nuit, en secret, prennent vie et tombent amoureux.

À son réveil, Madeleine reconnaît la chambre où elle dormait avant l'arrivée des Allemands. Le lit et la commode n'ont pas changé. Elle aimerait rester pour écouter la musique, mais elle doit monter au grenier. Là-haut, quelqu'un l'attend.

L'escalier sombre est encombré de balais et d'ustensiles. Le petit garçon de la réception les précède, elle et Max. Qu'est-ce qu'ils font dans la chambre, tous ces enfants ? C'est mes frères et sœurs, et aussi mes neveux, ils attendent le feu d'artifice. Elle ne s'étonne pas qu'il soit déjà oncle.

Elle se rappelait le grenier comme une nef immense et vide. Désormais, il est rempli de meubles et d'objets. L'enfant les guide dans un dédale de passages et d'enjambements, soulevant une planche, poussant une valise ou un rouleau de grillage, leur disant de se baisser pour éviter une poutre. Parvenu à un espace dégagé au centre, il s'arrête. Je vais vous montrer trois trésors. Il indique du doigt un miroir voilé d'un drap et une vieille malle cloutée. Où est le troisième ? Attendez.

La malle au couvercle bombé attire le vieil homme. L'enfant ouvre la serrure, c'est le trésor de mon grand-père. Des milliers de pampilles et de cristaux, de ceux qui pendent aux vieux lustres, certains brisés, scintillent dans la lumière comme un butin de pirate.

Madeleine s'approche de la glace au cadre sculpté, qui était à sa grand-mère. Elle se trouvait exactement au même endroit, autrefois, quand les petits fiancés s'y sont reflétés dans leurs costumes de noces. Elle soulève l'étoffe blanche qui la recouvre, écoute son bruissement, la caresse, la froisse, y pose son visage. C'est sa traîne de mariée, son cadeau de noces pour Max, revenu dans ce grenier, seulement un peu jauni par le temps. La soie de parachute.

Dans la surface trouble du vieux miroir, René aperçoit un gamin qui attrape un objet en hauteur. La tête lui tourne. Il croit se voir lui-même enfant, s'emparant d'un piège à oiseau. Tu as trop bu, ce vosne-romanée était une merveille, mais à ton âge, on ne tient plus le vin. Une petite main, tirant son bras, le rappelle au présent. Ce qu'il a vu dans le miroir, c'était leur jeune guide qui saisissait sur une poutre un humble coffret de bois blanc. C'est le troisième trésor, dit-il, mon préféré, celui de l'oncle Max. L'oncle Max, se répète René, et ces mots donnent chair au fantôme, lui font une place dans la chaîne des vivants.

La boîte de sapin brut, qui a dû contenir une bouteille, ressemble à un cercueil miniature. L'enfant fait coulisser le couvercle et une nuée de petits papillons pâles s'en échappe et se disperse dans le grenier. Un à un, il prend les objets, les déplie et les montre avec les gestes d'un prêtre portant un ostensoir. Un béret de laine rouge si dévoré par les mites qu'il n'en reste qu'une dentelle. Une médaille au ruban également rongé. Sous ces vestiges, une photo en noir et blanc a été préservée du désastre. Un jeune homme, torse nu, poings aux hanches, le sourire déformé par sa cigarette, cligne d'un œil ébloui. Il a la grâce farouche d'un fauve. On comprend que les femmes aient tant aimé ce garçon, Mado, la maîtresse d'école, la femme aux poignets minces, toutes les femmes qu'il a croisées, les hommes aussi peut-être. Il cherche une ressemblance avec ce qu'il a été lui-même, et ne trouve rien, à part les cheveux et la minceur. Madeleine passe lentement le doigt sur la photo, pose les lèvres sur le visage du soldat. Au dos est écrit, en capitales maladroites, *POUR MA*. L'encre a été mouillée et le reste est illisible.

L'enfant a déjà replongé la main dans la boîte et leur tend un courrier officiel annonçant la mort du soldat

Prince, Maximilien, du 6ᵉ BPC, le 22 octobre 1952, à Tu-lê, Nord-Viêtnam. Dans la case *Cause du décès*, on lit *Noyade dans la Rivière noire.* René observe Madeleine, inquiet. Cette mort est la seule à laquelle elle n'avait pas pensé. Une mort sans gloire. Elle examine le document et fait oui de la tête, comme si elle n'était pas surprise. Elle a vu Max tant de fois, au temps de leurs baignades, attiré vers les profondeurs de l'étang par ses os trop lourds. Pauvre soldat de plomb.

Au fond de la boîte, il y a encore une feuille jaunie, en mauvais papier du temps de la guerre. C'est une page de cahier d'écolier, où est dessiné un parachutiste couché sur le ventre, vu du dessus, avec un casque renversé sur la nuque. La feuille est déchirée en biais, il en manque le tiers où devraient être le visage et le bras gauche. En haut, à l'encre rouge, des mots dont le premier est incompréhensible, *lais mourir au bois du Pâquier.*

René sort de son portefeuille le morceau de papier trouvé parmi les dessins de Madeleine, avec la figure et la main de l'ange. Il fait coïncider les déchirures. Le bras et l'épaule s'ajustent au dos, le profil achève la tête en partie cachée par le casque britannique. Les bouts de phrase se complètent, *Jeudi j'ai vu un Anglais mourir au bois du Pâquier.* L'Anglais, pas l'ange.

À cet instant, on entend comme un coup de tonnerre. L'enfant sursaute. Ça commence, il faut y aller. Une deuxième explosion retentit, c'est le début du feu d'artifice, qu'on tire au bord de la rivière. Avant qu'ils aient pu le retenir, attends, petit, montre-nous le chemin, il a disparu.

René demande à Madeleine pourquoi le dessin est déchiré, une dispute, un accident ? On l'a partagé parce qu'il était à nous deux. Ils replacent les deux parties réunies au fond de la boîte, puis dans l'ordre, tendrement, toutes les reliques, sauf les papillons qui volettent ici et là dans la pénombre, taches claires et mouvantes. Leur guide avait raison, cet humble trésor était le plus précieux des trois. Madeleine ferme le couvercle et enveloppe la boîte dans la soie blanche, qui n'est plus un cocon mais un linceul. L'enfant le cherchera sans doute, le pleurera peut-être, tant pis, ils n'ont pas le choix. Ils savent ce qu'il faut en faire.

En retraversant le dédale du grenier, ils voient par la lucarne les feux d'artifices se refléter dans l'eau. La grande fille à la cape moirée descend vers la rivière en jouant toujours de son pipeau, suivie de tous les enfants qui poussent des cris de joie.

En bas, le restaurant est vide, clients, serveurs et cuisiniers sont partis voir le spectacle, abandonnant la salle en désordre, lumières éteintes. Seule une bougie brûle encore, sur la table qui était réservée, et où finalement personne n'est venu. Maintenant, elle est occupée. Une femme y est assise. Ses cheveux dénoués, dans la lumière dansante de la flamme, sont couleur de feu. Son chemisier déboutonné découvre son épaule et son sein. Elle tient dans ses bras un tout petit enfant. Hors du halo lumineux qui les entoure, tout disparaît. René se tourne vers Madeleine, qu'est-ce qu'elle fait ? Tu vois bien, c'est une mère qui nourrit son petit. Alors seulement, il reconnaît Claude Prince.

XII

L'ANGE

Les vieux amants se regardent dans le miroir ovale, au-dessus du lavabo. Il est juste assez grand pour deux visages. Et toi, alors, demande Madeleine, tu es qui ? Moi, je m'appelle René. Elle contemple, sous le filet d'eau, ses mains salies par la poussière du grenier, puis lui de nouveau. Le ruissellement était le même, dans la cuisine de ses parents, le jour d'octobre 52 où elle a appris la mort de son amour. C'est ce bruit qui le prouve, plus que la lettre trouvée dans le coffret ou les paroles de cet homme, Max est mort, mort noyé. Celui qu'elle aime depuis trois semaines est un autre. Elle laisse l'eau couler sur ses doigts, emportant les dernières traces.

Il est plus de minuit. René songe qu'à cette heure, à la Maison de l'Espérance, tout le monde est couché depuis longtemps. Il est probable qu'on les cherche encore, peut-être a-t-on prévenu la police. Comment expliquer à Madeleine qu'il est trop tard maintenant pour aller au bal ? En retraversant la réception, elle trouve sur le comptoir une clé accrochée à une deux-chevaux miniature. Ils l'ont vue en grand, sur le parking. Elle sera leur carrosse de Cendrillon.

La nationale vers Navilly est trop dangereuse, il préfère emprunter les routes secondaires, même s'il s'égare un peu. Le coffret de Max, habillé de blanc, est posé sur le siège arrière. Dans le compartiment à gants, Madeleine trouve tout un paquet de publicités pour l'Auberge du Daguet. Mon Dieu, pense René, c'est l'auto de Claude Prince. Elle leur a offert ce somptueux dîner, et voilà qu'en remerciement ils lui volent sa voiture. Il faudrait faire demi-tour immédiatement pour la ramener à l'auberge, mais la promesse faite à Madeleine passe avant tout.

Ils se garent à l'entrée de Navilly et, guidés par la musique, descendent la rue principale pavoisée de fanions déteints. La fête va bientôt s'achever, les gens rentrent chez eux. Près de la rivière, sur le podium aux ampoules multicolores, trois couples se balancent encore au rythme fatigué d'un slow. À l'instant où Madeleine et René arrivent au pied des marches, la chanson se termine et la guirlande s'éteint. Il regarde sa montre. Il est près de deux heures du matin, comment la nuit a-t-elle pu filer si vite ? Elle n'a pas compris, elle le tire vers la piste. Il songe à demander au disc-jockey de passer un dernier morceau, juste pour eux, mais il lui vient une autre idée.

Le pont en travaux, derrière le panneau qui en interdit l'accès, est la plus belle des pistes de bal. Madeleine pose une main sur son épaule et s'élance, et René s'aperçoit qu'il sait danser, qu'il a toujours su. Leurs pas s'accordent parfaitement, sur un air qu'ils sont seuls à entendre. Ils s'arrêtent au milieu, accrochés l'un à l'autre car le pont, maintenant, tournoie autour d'eux, et la rivière aux eaux sombres, et le monde entier. Trois silhouettes les regardent s'embrasser, un jeune soldat allemand portant une valise, un tirailleur sénégalais à l'uniforme percé de rouge, et une fillette qui tient dans ses bras un poupon noir et une poupée blanche.

René lâche enfin Madeleine. Il fallait qu'il danse pour comprendre, pour se mettre vraiment à la place de l'autre. Et elle pardonne à Max. Elle n'aurait pas dû le croire, au bal des moissons, quand il a dit je pars demain embarquer à Marseille, je dois juste finir mon paquetage et saluer ma mère, et puis je te rejoindrai. Toute la nuit, elle a erré parmi les stands de la fête, espérant apercevoir son uniforme, le béret écarlate plié sous l'épaulette. Elle savait bien, pourtant, qu'il ne reviendrait pas. Avant de partir, il devait retourner à l'origine, toucher le fer endurci au feu de la forge, dormir dans la tanière des loups, entre sa mère et son frère vivant, sous le regard de son frère mort.

Viens, dit René, je vais t'emmener dans mon pays. Elle le regarde, comme si elle n'était plus sûre de rien, quel pays ? Mon pays, c'est le bout du monde, et pourtant on y sera avant le matin.

Angélique est couchée dans une salle d'hôpital, parmi d'autres lits. Elle est inerte et son teint est d'un gris plombé. À son bras est fixé un cathéter qui lui délivre goutte à goutte le sang d'une poche suspendue au-dessus d'elle. Célestine aurait volontiers donné le sien. Elle se demande quel inconnu a généreusement sacrifié une partie de ses forces pour rendre la vie à sa sœur, car l'argent payé n'ira pas au donneur, elle le sait. Demain, il faudra prier pour cette bonne âme, mais pour l'instant, elle n'en a pas le temps.

Elle suit des yeux le liquide d'un rouge pourpré qui descend le long du tube, et scrute le visage de la jeune accouchée, attendant le moment où sa peau va reprendre l'éclat de la vie. Elle n'a pas lâché sa main depuis qu'elle est arrivée, même dans l'ambulance qui la transportait de la maternité vers l'hôpital. Elle la tient, comme les vieux de la Maison de l'Espérance quand ils traversaient le pont vers l'autre rive. Cette fois, c'est l'inverse. Angélique est au milieu du pont, il faut lui faire rebrousser chemin. Et sans arrêt, pour ne pas la perdre, elle lui parle à l'oreille.

Petite sœur, sens ma main dans la tienne. C'est pour toi que je suis revenue. Ne me quitte pas. Ne va pas t'égarer dans la brousse des morts. Accroche-toi de toutes tes forces, et moi, de toutes mes forces, je te tirerai vers la vie. Ton enfant a besoin de toi.

Célestine touche dans sa poche gauche son fidèle talisman. Cette nuit, Andersen ne suffit pas. Il faut autre chose, une histoire de vie. Réveille-toi, Angélique. Nos doigts s'agrippent comme quand nous jouions le soir dans la classe de notre père, à califourchon sur un banc. C'était notre cheval, l'étalon blanc de la princesse Yennenga, t'en souviens-tu ?

Célestine répète ce nom, Yennenga. Le voilà, le conte de vie qu'il faut pour sauver Angélique. C'est de lui, bien avant Andersen, que leur est venu l'amour des fables. Yennenga est toutes les héroïnes à la fois, elle est Gerda et la fille des brigands, Blanche-Neige, Jeanne d'Arc et la Belle au bois dormant. Écoute bien, petite sœur.

Un roi et une reine désiraient un enfant plus que tout. Enfin il leur naquit une fille. Néanmoins, son père en fut comblé, tant Yennenga lui ressemblait par la vigueur et le courage. Bien que fille, elle obtint le droit de monter à cheval et apprit à manier l'arc. Elle remporta des victoires, car la farouche amazone était plus forte que tous les guerriers du roi.

Yennenga était si belle que son père repoussa tous ses prétendants et, comme elle protestait, l'enferma. Mais la rebelle se sauva. Elle s'enfuit sur son cheval préféré, un étalon blanc. Sa monture s'emballa et s'enfonça dans une forêt où elle se perdit. Un fier chasseur recueillit pour la nuit celle qu'il prit pour un jeune homme. Au matin, elle lui révéla qu'elle était femme, et princesse. Lui aussi était prince. De leur union secrète naîtrait Ouédraogo, le premier des Mossi, dont nous portons le nom. N'oublie pas, Angélique, que tu descends de cette guerrière-là. Elle te redonnera la vie parce qu'elle te l'a déjà donnée.

Célestine croit voir frémir les cils de la malade. Jésus, tu étais donc resté près de moi malgré tout ? Elle se penche au-dessus de son visage, mais c'est redevenu un masque impassible. Elle a dû rêver. Pourtant, elle jurerait que la main commence à tiédir au contact de la sienne, et que les lèvres reprennent un semblant de couleur. Serre mes doigts, petite sœur, prends ma chaleur. Je l'ai gardée au fond de moi pendant quatre ans, dans un pays froid où j'ai désespérément cherché le soleil. J'ai vu là-bas des gens et des choses bien étranges, quand je te les raconterai, tu ne voudras pas me croire.

Quand tu seras sortie de cet hôpital, nous ferons une grande fête pour le baptême, on boira, on mangera, on chantera et dansera jusqu'à l'aube au son des n'tamas et des djembés.

Et dès que ton enfant aura l'âge de se souvenir, nous partirons en voyage. Je voudrais vous montrer l'hiver. La beauté du givre sur les arbres nus. Les cristaux de neige qui ressemblent à du duvet brûlant, et les étangs couverts de glace, sur lesquels on peut marcher. Ton enfant sautera pour attraper les flocons, jouera à s'allonger dans la neige, agitera comme des ailes ses bras et ses jambes, et sur le sol la trace de son corps ressemblera à celle d'un oiseau.

Angélique ouvre les yeux. Lentement, comme si un vent contraire tentait de l'en empêcher, elle se tourne vers sa sœur et, trop faible encore pour prononcer un mot, elle esquisse un sourire.

Madeleine a pris le volant, et René l'a laissé faire. La nuit, la campagne est déserte, quelle importance s'ils roulent un peu de travers ? La route descend vers Fauverey, serpentant entre les bois. Soudain, la conductrice s'arrête sur le bas-côté. C'est ici, dit-elle. Quoi donc ? Le bois de l'Ange, notre Ange, rappelle-toi.

C'est l'heure, juste avant l'aube, où tout est bleu. Ils laissent la voiture et s'enfoncent dans le sous-bois, jusqu'à une clairière circulaire où les cimes des arbres forment une voûte ouverte, comme une chapelle en ruines. Madeleine tient dans ses bras le coffret enveloppé de soie. Elle se place face à René. Il fixe ses yeux couleur d'aigue-marine, avec, à gauche, une tache en forme d'île. Comment a-t-il pu oublier ? Dans l'éclat mordoré de cet œil, de même qu'on aperçoit dans une pupille son propre reflet en réduction, il retrouve tout. La fillette qu'il cherchait, telle qu'il l'avait vue pour la première fois, et autour d'elle toute la scène ressuscitée.

Une nuit d'août 44, à l'époque de son exil dérisoire, où il logeait au bourg, chez sa grand-mère, il a été réveillé juste avant l'aube. Un choc sourd venait d'ébranler la terre. Ce n'était pas une bombe. Une sorte de vibration cristalline se poursuivait comme en écho, si proche qu'elle semblait venir de son oreiller ou de l'intérieur de sa tête. Pourtant elle l'appelait vers la forêt. Sa grand-mère dormait toujours. Seuls les enfants perçoivent ces choses-là.

Il est sorti en pyjama. C'était encore l'heure du couvre-feu. Tout, autour de lui, était bleu, les maisons aux volets clos, l'herbe des fossés, la route sur laquelle il courait. Sous les arbres du bois, l'air était plus froid. Il a débouché dans une clairière qu'il ne connaissait pas, arrondie comme une chapelle. Des enfants s'y tenaient en rond. Tous en vêtements de nuit, ils fixaient quelque chose au centre de leur cercle. René s'est approché et les autres, en silence, se sont écartés pour lui faire une place.

Au sol gisait un être splendide. Les bras en croix, le visage tourné vers la terre, il semblait dormir. Une grande personne n'aurait vu que ses sangles et son casque, elle aurait dit c'est un para anglais, son parachute s'est mis en torche. Les enfants savaient tout cela, mais aussi d'autres choses que les adultes ignoraient. Ils devinaient que la longue traîne d'azur pâle attachée à son dos, dont le bout se perdait dans les plus hautes branches, était des ailes. Car cette créature était un ange.

L'ange mourait sous leurs yeux. Tout son corps était déjà passé de l'autre côté, sauf sa main gauche, dont les doigts remuaient encore faiblement, caressant les brins d'herbe bleue. Les enfants contemplaient ce geste très doux, cet infime reste de vie. Il n'y avait rien d'autre à faire qu'attendre.

La plupart avaient déjà vu des morts, des vieux dans leur cercueil, ça ne comptait pas. Cet unique mourant, c'était la guerre tout entière, livrée pour eux. Il mourait pour eux, et pourtant ils ne connaîtraient ni son nom, ni son visage. Il serait à jamais leur soldat inconnu. Le bois du Pâquier se trouve à la limite entre Meursant et Fauverey, et les enfants des deux villages, face à face, se partageaient le corps.

La mort qui planait leur interdisait d'approcher, mais René voulait voir le visage de l'Anglais. Il n'avait pas peur. Si son cœur battait fort, c'était d'avoir couru. Il a franchi l'orbe sacré et s'est agenouillé près du dormeur. Il a glissé une main sous sa tête pour la tourner sur le côté. Elle était incroyablement lourde. Le profil d'un très jeune homme est apparu. Sa lèvre supérieure, couverte d'une fine moustache, tremblait et s'avançait, on aurait dit qu'il voulait parler.

Tout d'un coup, ses doigts se sont crispés sur les brins d'herbe comme pour les cueillir, puis sont retombés, inertes. Sa bouche s'est figée. La musique a cessé.

Un frémissement a parcouru le cercle des enfants, un chuchotis passant de l'un à l'autre, semblable à un bruissement de feuilles. Le silence est retombé, qui n'était plus l'attente, mais le recueillement et le deuil. René a regardé ses doigts. Un liquide sombre et pourpré coulait entre ses phalanges. Malheureux, qu'est-ce que tu as fait ?

Une idée folle lui est venue. Un ange, c'est un oiseau. Plus grand que le grand duc, plus grand que l'oie cendrée et que le héron blanc. S'il rapportait le corps à son père, ce serait la plus belle pièce de la collection, le roi de la volière. Il imaginait le squelette de l'ange, les ailes déployées, suspendu au plafond en majesté, resplendissant.

L'enfant s'est levé. Son sang, en refluant vers ses jambes, a soudain vidé sa tête de cette folie, si brutalement qu'il a été pris de vertige. Comment une idée pareille avait-elle pu lui traverser l'esprit ? Il s'est essuyé les doigts sur la jambe de son pyjama, mais il en est resté une trace autour des ongles.

Alors seulement, il a considéré les autres enfants. Il en connaissait certains. Face à lui se tenait une fille qu'il n'avait jamais vue. Elle avait des pommettes larges, un menton étroit, et des yeux très étranges, avec des iris bleus dont l'un portait une tache mordorée. Ses cheveux frisés luisaient comme une auréole. Sa beauté était bouleversante. Elle donnait la main à un garçon, et René a pensé confusément, ces deux-là ne peuvent pas se lâcher. Le temps d'un soupir, il s'est rêvé à la place de l'autre. C'est là, sans doute, que tout a commencé.

Mado serrait les doigts de Max, mais à cet instant c'était l'autre garçon qu'elle admirait, cet inconnu qui avait osé s'approcher de l'Anglais et le toucher. Peut-être avait-il voulu le soigner, le consoler, ou encore abréger ses souffrances. Elle aurait préféré que Max ait cette audace. Ou elle-même. Pendant quelques secondes, elle a passionnément aimé ce garçon dont elle ne savait pas le nom. Elle a imaginé son amoureux à sa place. Leurs visages se sont superposés, même s'ils ne se ressemblaient pas, sinon qu'ils étaient bruns et minces tous les deux.

Max tenait Mado par la main, mais il ne pensait pas à elle. Il contemplait l'Anglais, fasciné, et s'efforçait de garder de lui, imprimé dans sa rétine, le moindre détail. Les sangles, le casque, les plis du vêtement, la courbe délicate des doigts posés sur l'herbe. Il le raconterait à sa mère et à ses frères et ils l'écouteraient, car pour une fois ce serait lui qui saurait. Et samedi, à l'école, il le reproduirait fidèlement pour la moiselle dans son *Cahier de choses vues*. Il dessinerait le soldat à l'instant précis où la mort allait le saisir, quand son visage et sa main gauche étaient encore en vie, et le reste du corps déjà éteint. Ce serait son chef-d'œuvre. Il ignorait qu'un jour ce dessin serait déchiré, et qu'ils le partageraient. Mado choisirait la main gauche et le profil, ce qui était vivant. Lui, le reste du corps, le côté de la mort.

Max tremblait en regardant l'Anglais, fasciné par un appel plus puissant que l'amour. C'était son ange gardien tombé du ciel. Malgré sa jeunesse, ce soldat inconnu était le père inconnu qu'il cherchait depuis toujours. Il a lu sur les lèvres suppliantes du mourant ses dernières volontés. Suis-moi, mon fils, suis mon exemple. Tu seras un héros et tu mourras, comme moi. La mort sera plus belle que toutes les femmes, quand elle t'ouvrira ses bras.

Alors Max a levé les yeux vers le garçon qui s'était avancé au centre du cercle et avait touché le mourant. Il avait l'air si doux, si timide, et cependant lui seul avait osé. Il a été jaloux de ses doigts marqués du sang de l'ange, il aurait voulu être à sa place. Leurs yeux se rencontrèrent, se défièrent un court moment. Peut-être se seraient-ils battus, comme deux jeunes cerfs, s'ils en avaient eu le temps.

Mais à cet instant la scène a pris fin. Les grandes personnes sont arrivées et le charme s'est rompu. Filez, les gosses, rentrez chez vous, vous n'avez rien à faire ici. Ils ont, à regret, abandonné leur ange. Peu après, les Allemands accourraient avec leurs chiens et disperseraient tout le monde, *raus*. Quand les enfants reviendraient l'après-midi, il ne resterait rien du corps ni du parachute.

Elle n'a pourtant pas pu se perdre, cette immense toile de soie blanche qui paraissait bleu pâle dans la lueur de l'aube. Quelqu'un, sans doute, l'a emportée et en a vendu des morceaux aux habitants des deux villages. C'est dans cette étoffe qu'ont été taillés la robe de communiante de Mado, le brassard de René, et la pièce de soie offerte à Max le jour de leurs noces, ce cocon si doux dans lequel il s'enveloppait pour dormir. Leur communion, c'était cela. Sans le savoir, ils étaient unis tous les trois depuis l'enfance, fiancés sous les ailes de l'ange.

Tous les gamins qui avaient vu la scène l'oublieraient les uns après les autres. L'ombre de la puberté l'effacerait de leur mémoire, car seuls les enfants sont capables de voir et d'entendre les anges. Mais à la fin de leur vie, l'image du corps splendide dans la chapelle d'arbres pourrait leur revenir.

Le vieil homme détache son regard des yeux de Madeleine. Entre eux, à l'endroit où était tombé l'Anglais, comme si le poids de sa chute y avait laissé son empreinte, le sol est encore légèrement creusé. On dirait que la terre est restée entrouverte pour accueillir Maximilien à sa place, sous la chapelle d'arbres. Ils y couchent le coffret dans son linceul de soie, le recouvrent d'humus et de feuilles sèches. Madeleine remue les lèvres en silence, inventant une prière pour son pauvre soldat, mort absurdement pour une cause injuste.

Dès que la voiture sort du bois du Pâquier, ils aperçoivent les premières maisons du bourg. Madeleine ne veut plus conduire et René roule lentement, regardant les fermes aux volets clos, la petite gare abandonnée avec son grand panneau *FAUVEREY* bleu et blanc. Il s'étonne que rien n'ait changé, ni les humbles murs de brique, ni les toits des maisons qui descendent très bas, comme des chapeaux de pluie, ni le noyer qui laisse pendre ses branches par-dessus une clôture. S'il faisait jour, il remarquerait peut-être des changements, mais le ciel encore sombre entretient l'illusion. Ils passent le hameau de la Coutière, la route serpente entre les champs, longe la ferme du Perroux. Bientôt, après ce virage, le bosquet s'écartera sur la gauche et la maisonnette apparaîtra.

Il a dû avoir un instant de distraction, ou un malaise, à moins qu'il ne se soit endormi au volant. Il n'arrive pas à se rappeler comment la voiture a quitté la route. Une roue s'est mise dans un creux et tourne à vide, plus moyen d'avancer ni de reculer. Ils restent là un certain temps, tranquilles. Ils ne parlent pas. Les étoiles commencent à s'éteindre. Ils fument à tour de rôle la dernière cigarette.

Plus de cigarettes, plus de bagages, plus de voiture. René éprouve la légèreté de ceux qui se sont dépouillés de tout. Ils n'ont plus rien à perdre. Il repense à cet homme qu'il imaginait, quand il était enfant, revenant dans le village de Perthes-lès-Hurlus après sa destruction totale. L'école, le café, l'épicerie, tout était englouti, et pourtant l'homme voyait leurs murs transparents autour de lui. À l'époque, René croyait que c'était le comble du malheur. Il se trompait. Les murs de verre sont indestructibles, plus éternels que les ruines.

Alors, on est arrivés, c'est ici, ton pays ? On y est presque. Au lieu de marcher sur la route, ils prennent un raccourci par la voie ferrée. Le ciel est juste assez clair pour faire luire le métal et révéler les vieilles traverses à demi cachées sous les herbes folles. Madeleine s'amuse à marcher sur un rail comme une funambule, un bras en balancier, il ne lui manque qu'une ombrelle. René lui tient l'autre main, tu crois qu'on a quel âge ? Je sais pas, dix ans peut-être.

Tout d'un coup, il lève les yeux. Devant lui, sur le fond de l'air bleu, se découpe la maison de garde-barrière. Et il a beau l'avoir si souvent vue en miniature sur son petit réseau, avoir si souvent imaginé ce retour, il a du mal à croire qu'après toutes ces années elle soit encore debout. Ses yeux se remplissent de larmes et l'image se brouille.

Pour atteindre le seuil, ils doivent se frayer un chemin parmi les chardons et les ronces qui ont envahi le jardin. La main de René tremble un peu quand il sort la clé de sous sa chemise, la glisse dans la serrure, la fait tourner et ouvre la porte d'un coup d'épaule. Avant de franchir le seuil, il laisse l'air de l'intérieur pénétrer ses poumons. C'est l'odeur des retours, des dimanches où il venait aérer la maison, mais devenue plus prégnante, plus insistante.

Madeleine, déjà assise sur la première marche de l'escalier, se déchausse et enfile ses mules à plumettes mauves comme si elle était chez elle. René pousse les volets de la cuisine pour faire entrer la lumière de l'aube. Le fourneau, les carrelages sont voilés d'une couche de poussière. Pour le reste, rien n'a bougé. Au-dessus de l'évier, la pendule en forme d'assiette décorée d'un rouge-gorge indique une heure et quart, pour l'éternité. Comment a-t-il seulement songé à vivre ailleurs ?

Madeleine regarde autour d'elle, c'est joli, ici, mais j'ai soif. René sort du buffet deux verres roses cerclés d'anneaux d'argent et une bouteille de guignolet fait par sa mère, goûte-moi ça, vingt ans d'âge, au moins. Elle lève son verre, alors à nos vingt ans.

L'escalier vermoulu craque de manière inquiétante. René passe devant, testant chaque marche de peur qu'elle ne cède sous son poids. La porte de l'atelier de son père, sa volière, produit un grincement suraigu, un sifflement de merle. Dans l'ombre, sur les étagères, se tiennent des dizaines d'oiseaux blancs. Les araignées ont tissé autour d'eux, entre leurs côtes, sur leurs ailes, des épaisseurs de toile qui reconstituent la forme de leurs corps. La poussière a achevé de leur redonner un semblant de chair et un courant d'air, agitant doucement cette enveloppe légère, insuffle la vie aux volatiles fantômes. Au plafond, le grand héron est prêt à prendre son envol.

La chambre de René n'a pas changé depuis qu'il a quitté la maison, à quinze ans. Dans le tiroir de la table de nuit, il retrouve la minuscule grive en os sculptée par son père, avec ses rémiges si finement ciselées, sa tête dressée et son bec entrouvert. De tous les jouets qu'il a eus dans sa vie, qu'il a vendus ou même imaginés, aucun n'était aussi joli que cet appeau. Il souffle doucement dans la queue et l'oiseau se met à chanter.

Il ouvre les volets et la fenêtre, et s'accoude dans l'encadrement. Le garçon est revenu à sa place préférée pour regarder passer les trains. Madeleine vient s'installer près de lui. René comprend enfin ce qui manquait à son circuit miniature pour qu'il soit vraiment parfait. C'était la figurine d'une petite fille à côté du garçon, guettant, dans la lumière incertaine de l'aube, les phares du premier autorail.

Il referme la fenêtre, retire la bâche qui protégeait la literie. Madeleine s'assoit au bord du lit et retire une à une les épingles de son chignon. Sa natte se déroule et tombe sur le côté. Elle la peigne avec ses doigts pour la défaire, et ses longs cheveux ondulés flottent sur ses épaules comme un voile de mariée. C'est la première fois que René les voit détressés. Il écarte délicatement les mèches dans le dos pour ouvrir la fermeture éclair de sa robe. Même une fois dévêtue, elle n'est pas nue, ses cheveux l'habillent encore d'une cape lumineuse.

René est troublé de sentir à la fois le fil épais des draps de lin de son enfance et le corps d'une femme entre ses bras. Giselle n'a jamais dormi ici. Il enfouit son visage dans la mousse de ces cheveux dénoués, dans leur odeur de mûre, contre cette peau dont la douceur lui fait monter des larmes.

Un bruit étrange, derrière la porte, les interrompt dans leurs caresses. C'est d'abord une sorte de souffle, comme le frottement d'une aile contre le bois, des craquements de plus en plus forts, puis un roulement de tonnerre ébranlant les murs et le sol, un grand fracas de planches s'entrechoquant et s'écrasant contre des pavés. On dirait que la maison est en train de s'écrouler. Mais non, ils sont toujours là et le silence revient.

Le vieil homme nu se lève et ouvre la porte du palier. C'est bien ce qu'il pensait. L'escalier vermoulu, ébranlé par leurs pas tout à l'heure, vient de s'effondrer tout entier. À sa place s'ouvre un gouffre hérissé de clous et d'échardes, et en bas, sur le carrelage du rez-de-chaussée, un amas de marches disloquées gît sous un nuage de poussière. Qu'est-ce que c'était, demande Madeleine. Rien, juste un train qui passait. Il sourit pour lui-même et referme la porte. Sans escalier, personne ne viendra les chercher. Ils sont désormais hors d'atteinte, hors du monde. Sauvés.

Il se recouche dans les bras de son amante. Peut-être faut-il croire aux contes, aux enchantements. Fermant les yeux, il voit le héron blanc au bord de l'étang, indemne de toute blessure. L'échassier fléchit sur ses pattes, rebondit, déploie ses ailes, frôle un temps la surface de l'eau, puis s'élève dans le ciel, si haut qu'on ne le voit plus. Oui, on peut croire aux contes. Sous le masque des années, les corps vigoureux d'une fille et d'un garçon s'unissent pour la première fois.

Leurs respirations s'apaisent et ils s'endorment, toujours enlacés. Quand ils ouvrent les yeux, le soleil est levé et projette au mur le dessin de la croisée. Sur la descente de lit, la robe de Madeleine et la chemise de René s'étreignent comme un couple de danseurs.

Elle attrape son sac de cuir accroché au coin du lit, et en tire un flacon pharmaceutique en verre, qu'elle ouvre. Quelques baies rouges se répandent sur le drap blanc. On dirait des perles de sang.

C'est joli, qu'est-ce que c'est ?

C'est de l'if.

Qu'est-ce que ça soigne ?

Tout, ça guérit de tout, des douleurs et de la fatigue, des vertiges et des chagrins d'amour, ça guérit du temps et des regrets, des mauvais rêves, de la folie aussi.

Est-ce que ça guérit des souvenirs ?

Oui, même des souvenirs.

Tout doucement, René prend le flacon des mains de Madeleine et le pose sur la table de nuit. Il caresse son front, embrasse ses paupières. Attends, mon amour, attends encore un peu. Le jour se lève à peine, on a tout notre temps.

Mise en pages PCA
44400 Rezé

Achevé d'imprimer en mars 2015
sur les presses de Normandie Roto Impression s.a.s.
61250 Lonrai
pour le compte des Éditions Payot & Rivages
106, bd Saint-Germain – 75006 Paris
N° d'imprimeur : 1501108
Dépôt légal : mars 2015

Imprimé en France